何 为 生 何 以 生

雷苗苗 著

線裝書局

目 录
Contents

认知篇 |

思想的本质和大脑的骗局

斯塔夫里阿诺斯说，我们处在一个越来越快的时代，地质年代以 10 亿年为计算单位，人类史前时代以千年计，而自从进入文明社会后，纪年单位开始不断缩小，逐渐变成以百年甚至十年计。时至今日，变化速度呈指数级增长，每天都有许多重大事件无休无止地蜂拥而来包围着我们。

事实上，我们也处在一个越来越复杂的时代。食物采集时代，我们只要学习一些自然环境知识、能很好地识别动植物、能掌握野外狩猎技巧和野外生存技能，就能很好地生活。农业生产时代，人类开始定居，我们除了学习一些农业知识和畜牧知识外，还需要学习建筑、水利、气象知识。农业文明也带来了政治、经济和文化的发展，相应地我们也要学习一定的政策法规、经济贸易、文化习俗知识。到了现代社会，政治、经济、文化、科技全面发展，想要参加社会协作体系，生活得好一点，除了掌握基础的语言、数学、外语、物理、化学、生物、历史、地理、政治、经济、哲学等知识体系外，我们还要学习专业的知识，还要学会使用基本的信息化工具。时代越来越复杂的一个表现就是我们需要越来越多地学习，甚至要养成终身学习的习惯。

未来，随着搜索引擎和 AI 的快速发展，学习知识已经越来越不能让我们有差异性和优越性了。面对快速复杂的世界，面对越来越庞大的数据信息，想要看清局面，想要轻松地生活，我们可能越来越需要思想的指导。

我们可以这么理解思想：思想的本质是工具，它是人类认识这个世界，理解这个世界，解决遇到问题的工具；它是人类思考展开的框架。思想涉及的面其实非常广泛，哲学思考、数学公式、物理定律、各种主义、各种学说、各种论、各种教义本质上都是思想的范畴。

广义相对论的核心思想是物质的质量决定时空如何弯曲，时空的弯曲决定物质如何运动。量子场论的核心思想是将粒视为场的量子化激发态。它们都是解决人们认识这个世界的问题，都是在探索这个世界本原的过程中，形成的一套思考和认识框架。

儒家学说的核心思想是用泛血缘关系管理国家，建立君君臣臣父父子子的管理机制。道家学说的核心思想是"道"和"无为"，强调顺道而为、反者道之所动和无为而治。佛家学说的核心思想是了生死、灭苦悲，并相应地提出了一整套的人生论、宇宙论和认识论。它们也都是认识世界、理解世界、如何行动的框架和工具。

我们面对的是一个越来越快速、越来越复杂的世界，面对的是越来越庞大的数据信息，想要在快速、复杂和庞大中看得清、走得轻，从前人的知识体系中提炼出他们的思考行动框架，而不是掌握他们提供的具体知识；建立自己的思考行动框架，而不是被庞大的信息卷着向前走，就显得越来越有必要。未来我们可能拼得越来越是独立思考，打造自己思考行动框架的能力。

为了更深入地理解思想，我们探索一下为什么人类会有思想，为什么其他动植物没有思想，思想从哪里来？

根据《创世纪》的记载，上帝用七天创造了天地、光明、动植物，用泥土创造了亚当和夏娃，成为人类的始祖，并赋予人类管理地球的责任。伊斯兰教，根据《古兰经》的记载，世界是由真主（阿拉）创造。印度教，根据《摩诃婆罗多》的记载，宇宙最初是一片混沌，由无形的至高神布拉玛创造，布拉玛创造了神、人、动物和自然界，并赋予每个生物不同的职责和使命。根据希腊神话的记载，最初是一片混沌，由混沌中诞生了天地、众多的神和巨人，宙斯是众神之王。而在中国神话中，是盘古开天辟地、女娲用土造人。

在科学还不发达的时候，各宗教创造各种创世论。在科学发展后，各学派提出各种科学理论和科学假说。创世论和科学理论的本质其实是一样的，都是建立一套世界观，告诉人们这个世界是怎么来的、是怎么运转的、是什么样的。

为什么人类如此执着于搞清楚这个世界的样子？搞不清楚也要创造一个神话、一套理论、一个假说、一套思想，在头脑层面把它搞清楚。更有趣的是，在很多人眼中，这些神话、理论、假说和思想可能漏洞百出，但很多人却对它们深信不疑。就比如，在很长时间里会有很多人坚信世界上真有上帝、亚当、夏娃、真主、宙斯等等。为什么？答案是，因为人类演化出了人类大脑。

人类大脑存在的一个很大的意义就是要在复杂、无序、不确定性的生存环境中发现有序的秩序、逻辑、因果，从而"知道"事情的运行规律，指出行动方向，指明行动指南，更好地服务于人类的存在。人类对各种思想、神话传说、科学理论、世界观、人生观、价值观的创造和探索热情都源于人类大脑的这个特性。人们对我是谁，我从哪里来，我到哪里去的探索热情也源于人类大脑的这个特性。换句话说，只要有人类大脑在，人类就不会停止对这个世界的探索，就会不断形成各种理论、各种思想、各种观点。哪怕是凭空创造一个，只要能逻辑自洽说服自己，人类也会相信这些理论、思想、故事，因为人类大脑的主要职责就是生产它们，而人类的生存也需要它们的指引和指导。

人类的生存依靠大脑的功能，但想要更清楚地认识这个世界，时刻觉察到大脑的运行以及警惕大脑的骗局也很必要。

我们经常会有这样的经历，晚上做了一个奇怪的梦，梦里我们到处找厕所，或者梦里掉进海里或者河里，结果醒来后发现是自己憋尿或者尿床了。我们可能还做过另一种梦，梦里胳膊被人打断了，结果被吓醒后发现，胳膊因为睡姿问题，正被压在身体下面不能动弹。这两个梦都在告诉我们：大脑喜欢编故事。当我们的身体处于一种状态时，大脑喜欢编一个故事对它进行解释。就像尿床后的潮湿被解释成掉进海里或者河里，就像胳膊被压在身体下面不能动弹，会在梦里被你解释成胳膊断了，胳膊断了会被解释成一个惟妙惟肖的快意恩仇故事。

大脑为什么喜欢编故事？上面我们说了，人类大脑存在的一个很大意义就是要在复杂、无序、不确定性的生存环境中发现有序的秩序、逻辑、因果，从而"知道"事情的运行规律，指出行动方向，指明行动指南，更好地服务于人类的存在。人类喜欢编故事，喜欢听故事，就是从大脑的这个特性中演化出来的，毕竟故事里有强烈的生动的因果、秩序和逻辑。

在大脑不断编造的所有故事中，非常隐藏而且人人都在编造的一个故事就是：人生的意义是什么？为什么说"人生的意义"是人类给自己编造的故事呢？我们先探索一下意义的意义是什么？为什么人类要不断探寻人生的意义？意义的意义就是人类的行动和人类的大脑需要方向，意义可以给人类的行动和人类的大脑指出方向。如果没有方向，我们就需要编造一个意义给行动和大脑方向。想想我们一般会在什么时候探寻人生的意义，一般我们都会在没有方向的时候才会探寻人生的意义，在我们人生有目标有方向的时候，我们很少去探寻人生的意义。所以，意义本身没有任何意义，但意义一旦可以给人类的行为指出方向就变得意义非凡。

大脑喜欢故事，所以我们在探求本质的道路上，要注意故事陷阱。如果我们的认知停留在神话故事，就无法更客观一点地看清这个世界。如果我们无法跳出自己给自己编造的心理故事，就无法清楚地看清周围的人和事。

大脑编织的另一场骗局很可能是时间。大脑存在的一个很大意义就是要在无序中发现有序，更好地服务于人类的存在。所以大脑天生喜欢逻辑、有序、因果。而时间是建立逻辑、有序、因果最好的工具。那跳开大脑这个思维工具，跳开时间这个大脑思考工具，是不是更接近真实的世界。也就是说时间会不会根本不存在，它只是理解变化的工具，存在的只有事物的变化。从始至终，可能只是因为大脑喜欢时间，需要时间，时间才得以存在，时间的存在和虚数的存在一样，只是被需要所以存在，不一定真实存在。时间的定义也在说明这一点：时间是人类用以描述物质运动过程或事情发生过程的一个参数。所以，时间很可能也是大脑的一场骗局。如果时间真的不存在，那宇宙和万物的演化就不是沿着宇宙大爆炸模型里的时间轴向前推进的，就不是沿着历史时间轴向前推进的，我们所有的演化都是在原地进行。从始至终，我们从未离开，从未前行，时间只不过呈现了我们运动和演化的规律。这将意味着什么？意味着时间根本不可能回流，因为时间根本不存在，存在的只是万物的运动和变化，而运动和变化发生就是发生了。

大脑除了喜欢故事，喜欢时间，还喜欢大统一。关于大脑喜欢大统一这点，康德的一个表述极其精确。康德说：一旦你把自己的智慧或者理性调动到极致，你在思维倾向上总是追求达成一个绝对的、不可分割的、无限的、永恒的理念。而所有的思想家、哲学家、理论物理学家、人类的知识框架都是走在这条路上。为什么大脑喜欢大统一？还是由人类大脑的特性决定的。大脑被演化的一个重要原因就是在无序中找到有序，在不确定性中找到确定，而大统一就是最有序的确定。

老天爷和上帝真的存在吗？很多人都觉得老天爷和上帝一定存在，因为他们经常能真切地感受到它们的存在。有很多人坚决地认为它们不存在，因为从来没有人真切地看见过它们的真容。老天爷和上帝真的存在吗？如果存在，它们到底长什么样？它们又存在于何处？理解了大脑的运行机制，我们很容易就可以发现老天爷和上帝来自哪里。

大脑不断形成各种理论、各种思想、各种观点，都是为了在纷繁复杂中找到掌控，找到确定。大脑喜欢确定、喜欢掌控，反感不确定，反感失控，在不确定失控时大脑会本能地烦躁、无助、抓狂。但事实是，万物瞬息万变，我们能掌控的、确定的东西少之又少，这个世界上更多的是我们没办法掌控的、不确定的东西。于是，老天爷和上帝就在失控的不确定性中诞生了。

如果有人问我们"1+1=？"，我们的本能回答会是"2"。可是当有人问我们"1+1 为什么等于 2"，我们可能会本能地想"老天爷，为什么 1+1=2"。如果人生一路顺畅，我们一般不会想到老天爷，想到上帝。可是当我们遇到麻烦，我们第一时间会想到老天爷，想到上帝，会在心里喊"老天爷，为什么我这么倒霉，为什么这么倒霉的事情让我遇到了，老天爷，我该怎么办"。老天爷和上帝一般都会出现在我们失控的时候，出现在不确定来临的时候。

老天爷和上帝为什么会出现在我们不确定和失控的时候？当我们面临不确定和失控的时候，我们的头脑是混乱的、无助的、脆弱的，这个时候我们急需一个强大的存在，它能掌控万物，只要它站在我们身边，我们就能重获掌控感和安全感，于是老天爷和上帝就被我们创造了出来。采集时代和农业生产时代对巫师、魔法师、上帝、神明、神话故事等等的信仰都来源于大脑对不确定性的"掌控"。今天人类对巫师、魔法师、上帝、神明、神话故事等等的信仰骤降，是因为人类转而依赖算法、模型对抗不确定性，满足大脑的掌控感。

虽然老天爷和上帝是被我们创造出来的，但它们却有非常强大的力量。它们在我们混乱无助脆弱的时候，给了我们精神安慰和精神支撑，帮我们一次次地渡过了难关。所以，老天爷和上帝真的存在吗？不重要，重要的是在我们需要它们的时候，我们相信它们存在。

人类的各种知识体系、思想、神话传说、科学理论、世界观、人生观、价值观本质上都是大脑的产物，都是为了认识这个世界，理解这个世界，解决遇到的问题提出和创建的。更深层来说，它们都是为了人类的"生"而提出和建立的。生物学、化学、物理学、神话传说是为了在不同层次更清楚地了解这个世界、了解我们，为人类在自然环境中的"生"服务的。政治学、经济学、伦理学是为了在社会化大生产时代，解决个体生命体如何组建成群体生命体、个体生命体和群体生命体如何生存发展、社会资源如何分配等问题，以便人类通过群体协作更容易的"生"

创建的。价值观和人生观是为了建立好坏对错标准，指明前进方向，以便我们做出有助于个体和群体"生"的选择建立的。

事实上，不仅知识体系、思想、神话传说、科学理论、世界观、人生观、价值观是为了"生"设定的，我们的感知（听觉、视觉、嗅觉、味觉、触觉）和情绪情感也是为了"生"而设定的。客观讲，世界上是没有颜色的，但我们却可以把看见的 320 纳米的光波分辨为 150 种以上的颜色，为什么？为了方便我们"看清"这个世界，做出最有利于"生"的选择。世界是没有声音的，但我们却可以把 20 赫兹到 20000 赫兹的频率听成不同的声音，为什么？为了方便我们"听清"这个世界，做出最有利于"生"的选择。温度、软硬、形状客观讲也是没有好坏的，但我们的触觉却可以本能地规避不利于"生"的选择，选择适宜"生"的温度、质地、形状。我们的恐惧是为了让我们躲开危险，维护身体更好地"生"而演化的；我们的欲望是为了让我们追求有利资源，维护身体更好地"生"而演化的；我们的爱是为了让我们和世界建立连接，协同工作，维护身体更好地"生"而演化的。

既然我们创造的一切都是为了"生"而服务的，甚至我们自己的样子和情感情绪都是为了"生"而服务的。那我们试着举起"生"这盏灯，看能不能在迷雾中，照亮前行的路。

存在篇 |

对存在的理解

我们先来说一些事实和假说。

依照目前科学发现，基本粒子是物质的最基本单位，是组成各种各样物质的基础，夸克是一种参与强相互作用的基本粒子。质子由两个上夸克和一个下夸克组成，中子由两个下夸克和一个上夸克组成。原子核由质子和中子构成。原子由原子核和绕核运动的电子组成，原子是化学反应不可再分的基本微粒。分子是由原子按照一定的键合顺序和空间排列而组合在一起的整体，这种键合顺序和空间排列关系称为分子结构。细胞是生物体的基本单元，是由许多不同种类的分子组成的，如蛋白质、核酸、糖类、脂类等。植物、动物、微生物等生物是由细胞构成。社会指在特定环境下共同生活的生物，能够长久维持的、彼此不能够离开的相依为命的一种不容易改变的结构。

关于生命起源，有一个白烟囱假说：在海底的白烟囱中，无数小孔会产生微妙的酸碱环境，在这种环境中，甲醛、磷酸根、氨基酸能够同时存在。而甲醛和甲醛结合再断掉后会产生核糖，某些氨基酸代谢变成了四种碱基。磷酸根、核糖和碱基组合在一起，产生了核苷酸。在热泳效应下，核苷酸和核苷酸结合产生了 RNA 长链。一些 RNA 链具有了催化能力（催化其实就是某种特殊的三维结构创造了某种特殊的物理化学环境），变成了酶 RNA，可以复制 RNA 长链（类似于你开公司，开着开着，成了平台，可以生产公司）。RNA 复制酶 RNA 突变为 DNA 逆转录酶RNA，核苷酸、RNA 和 DNA 逆转录酶 RNA 的组合实现了用 RNA 制造 DNA。根据密码子催化假说，核苷酸链和有机酸能产生氨基酸链，氨基酸链产生蛋白质。所有细胞结构遵循的中心法则需要的原材料 RNA、DNA、蛋白质在白烟囱中都产生了。

关于神经细胞演化，目前大家公认领鞭毛虫是所有多细胞动物的祖先，所以神经细胞的演化假说要从领鞭毛虫开始说起。领鞭毛虫为了搅动更多的水流，吸收更多的营养，开始抱团取暖，形成多细胞生物。随着细胞越聚越多，形成了海绵，而为了不让自己被体重压垮，海绵中的领鞭毛虫开始分工合作，有些领鞭毛虫变成了成骨针细胞，有些领鞭毛虫变成了孔细胞。而有些领鞭毛虫变成了变形细胞，当起了搬运工，具有了送饭、运动、分泌和吞噬功能。为了吸收海绵中的脏东西乃至病原体，有些变形细胞又从"搬运工"变成了"清洁工"，负责清理垃圾，这就是最早的免疫细胞，它具有了操纵其他细胞的功能，可以关闭甚至杀死其他细胞。而为了效率和节能，这些清洁工还演化出了"触角"。在这个演化基础上，由纤维细胞组成的丝盘虫开始登上舞台。6亿多年前到5.4亿年前，冰川进入大海，产生巨量钙盐，危害生物，为了排出体内多余的钙，钙离子通道蛋白和钙泵蛋白被演化出来，钙波产生。钙波和纤维细胞结合产生了神经细胞，神经细胞彼此相连成线成网时，神经系统由此诞生，以水母为代表的刺胞动物就是最早装配上神经系统的动物类群之一。

这些事实和假说正确吗？不确定。有些事实可能随着科学的发展会被改写，有很多假说还需要科学家的不断求证。这些事实和假说的正确性不是我们研究的重点，我们要研究的是这些事实和假说中深藏的更重要的问题：什么是存在？存在物是如何被演化出来的？

　　存在是一个非常重要的概念。存在之所以重要，不仅因为它是理解西方哲学的关键，是理解万物运行的关键，更重要的原因是，随着科学技术的发展，人类的生产力突飞猛进，我们时时刻刻都在创造新的存在出来。如果不能理解什么是存在，存在的运行规律是什么，那我们很可能会被自己创造的这些存在搞得狼狈不堪，甚至因为我们创造的这些存在断送了自己的生路。

　　那到底什么是存在？我们可以这样理解存在：存在是协作体的暂时稳定态。

　　让我们想想什么是质子和中子？质子由两个上夸克和一个下夸克组成，中子由两个下夸克和一个上夸克组成。什么是原子核？原子核由质子和中子构成。什么是原子？原子由原子核和绕核运动的电子组成。什么是分子？分子是由原子按照一定的键合顺序和空间排列而组合在一起的整体。什么是细胞？细胞由许多不同种类的分子组成的。什么是有机体？有机体是由各种细胞组合而成。什么是社会？社会指在特定环境下共同生活的生物组合。万物都是由基本单位物质相互组合演化而来，这个观点目前已经得到科学界和大众的认可。所以，我们可以把所有存在都理解成一个特定的协作体。

那为什么存在是一个暂时稳定态？举个例子，按照宇宙大爆炸理论，宇宙在 1000 亿摄氏度后产生光子、电子、中微子；30 亿摄氏度后产生质子、中子；10 亿摄氏度后产生氢氦原子核；3000 摄氏度后产生氢氦原子。反过来说，如果宇宙把温度提高到在 3000 摄氏度以上，氢氦原子不可能存在，把温度提高到 30 亿摄氏度以上，质子、中子不可能存在。质子、中子、氢氦和后面演化的所有物质都是环境到达一定程度，出现的暂时稳定态，它们存在的环境一旦被破坏，它们的稳定态就会被打破，它们就会失存。也就是说，万物的存在是特定环境下的暂时稳定态。

所以，到目前为止，我们可以暂时把所有的存在理解成一个特定协作体的暂时稳定态，或者简称为协作即存在。

对万物一系的理解

从物质结构来讲，基本粒子是质子和中子的基础材料，质子和中子是原子核的基础材料，原子核是原子的基础材料，原子是分子的基础材料，分子是细胞的基础材料，细胞是生物有机体的基础材料，生物有机体是社会的基础材料，所有物质最内核的基础材料都是基本粒子，万物同质。

神经系统的底层是神经元之间的连接和信号传递。神经元通过化学反应和物理反应来传递信号，这些反应包括离子通道的打开和关闭、神经递质的释放和吸收等。这些化学反应和物理反应的组合形成了神经元之间的信号传递网络，从而实现了神经系统的功能。动物的神经元细胞膜上有许多受体蛋白，这些受体蛋白能够识别不同的环境刺激，如光线、声音、温度等。当环境刺激作用于受体蛋白时，会引起神经元细胞膜的电位变化，这种电位变化会沿着神经元传递，最终到达中枢神经系统，产生相应的行为反应。因此，动物对光线、声音、温度的感知能力是在神经元的物理化学反应上演化出来的。

随着生物体的进化，简单的感知能力逐渐发展成为更复杂的选择判断能力。这种能力使生物体能够在多个选项中做出有利于自身生存和繁殖的选择。例如，一些动物拥有视、听、味、触、感等知觉功能和基本的判断能力，能够对外部环境变化及时做出相应的反应。对于高等生物，特别是人类，选择判断能力进一步演化为复杂的认知功能，包括抽象和逻辑思考的能力。这些能力使得人类能够在更复杂的环境中生存，并追求更高层次的目标。所以，从有机物的感知能力、动物的知性选择判断能力，到人类的理性思考能力，它们的最底层都是无机物的物理化学反应，万物一脉相承。

我们前面说存在就是协作体的暂时稳定态，那深入协作体内部看看会有什么新的发现。但凡协作体，一定有协作关系，只要有协作关系，一定有组成协作体物质之间的相互感应。没有组成协作体物质之间的相互感应，物质之间就不可能相互感应产生协作关系，也就无法形成协作体产生存在。万物的感应属性就是万物的意识，意识不仅存在于人类身上，万物皆有意识。

以氢原子举例，氢原子由一个带正电的质子和一个带负电的电子构成。质子带正电，它有感应负电的属性，电子带负电，它有感应正电的属性。质子感应负电的属性让它能找到电子，电子感应正电的属性让它能找到质子，在特定环境下，它们之间相互感应相互协作稳定存在，氢原子出现。用意识来解读这个过程，是不是质子具有找到电子的意识，电子具有找到质子的意识，在特定环境下，在它们意识的相互作用下，氢原子出现。

以我们食用的盐为例，它的化学结构是 NaCl，是由钠离子（Na^+）和氯离子（Cl^-）通过离子键结合在一起产生。钠离子（Na^+）带正电，具有感应阴离子的属性，氯离子（Cl^-）带负电，具有感应阳离子的属性。在特定环境下，钠离子（Na^+）和氯离子（Cl^-）相互感应相互协作稳定存在，盐（NaCl）出现。用意识来解读这个过程，就是钠离子（Na^+）具有找到像氯离子（Cl^-）这样阴离子的意识，氯离子（Cl^-）具有找到像钠离子（Na^+）这样阳离子的意识，在特定环境下，在它们意识的相互作用下，盐出现。

演化到人类，物质的结构已经非常复杂了。人体有无数小细胞，每个细胞都具有感受外界环境的能力，可以通过感受器官或细胞膜上的受体来感知化学物质、光线、温度等刺激。这些小细胞之间相互感应相互协作产生了人体的头部、躯干、四肢、内脏器官、运动系统、消化系统、呼吸系统、泌尿系统、生殖系统、循环系统、内分泌系统、神经系统及感受器。这些部分和系统也都具有感应属性，可以感应到其他部分和系统，也可以被其他部分和系统感应到，它们之间相互感应相互协作维持着人体的稳定存在。

我们能看到，每个细胞和每个细胞之间、每个系统和每个系统之间都有感应都有协作，想要维持这么一个复杂系统的稳定存在，我们需要一个管理系统对这些协作进行管理，于是大脑被演化出来。我们可以把身体比喻成一家企业，我们感知到的"我"可以理解成这家企业的CEO。身体中的协作非常繁杂，作为身体CEO的"我"如果都要去管理，不现实，也无法实现。所以，身体中还有很多高管，很多员工，"我"并不是身体的全部。身体中的绝大多数感应和协作就交给了高管管理，交给了员工管理，"我"是感应不到的。感应不到也就意识不到。这也就是为什么没有经过刻意练习，我们对细胞活动和身体内部的很多活动没有意识的原因。

从物理学中的电磁力、强力、弱力、万有引力，到化学中的各种化学键，到人类的意识，其本质都是物质的感应属性。万物的感应属性就是万物的意识，意识并不是人类独有的，万物皆有意识。人类的意识只是万物的感应属性在人体的体现，物质的感应属性就是人类意识的起源，万物一直都是一脉相承。

目前，大家公认的演化的先后顺序是：基本粒子→质子和中子→原子核→原子→分子→细胞→生物（人类）→社会（人类社会）。接下来，我们分享一下王东岳①先生总结的这个演化序列的特点和趋势。

后演化物是在前物的基础上演化出来的，越往后演化，物质协作程度越高，结构越复杂，而且前物对后演化物有决定性作用。从基本粒子到人类社会的演化，从物质的物理化学反应到人类的理性思考能力，都清楚地向我们展示了后演化物是在前物的基础上演化出来的，越往后演化，物质协作程度越高，结构越复杂。这个特点和趋势到了人类文明建立以后依然延续。采集时代，20—50人就可以组成一个人类社会；农业时代，300—500人可以组成一个人类社会；工业时代，想要组成一个社会最少需要几十万人；

———————————

① 王东岳先生：自由学者，著有《物演通论》。

信息时代，我们已经达到了全球协作的程度，社会结构也变得异常复杂。

这里需要注意的一点是，社会实际上是一个实体结构，由人类个体和群体组成的实体结构。我们很难理解这点是因为我们身在其中。这就好比，如果我们站在原子的角度看分子，看到的分子是原子的排列组合，我们很难看清分子是一个实体结构。人类看社会和原子看分子是一样的道理，人类角度看到的社会是人和人的相互协作，但实际上社会是一个实体结构。在社会中，所有的道路都可以被看成社会的血管，致力于物流的人和工具都可以被看成社会的脚，致力于手工业的人和工具都可以被看成社会的手，致力于语言研究和传播的人和工具都可以被看成社会大脑皮层中的语言细胞，致力于逻辑研究和传播中的人和工具都可以被看成社会大脑皮层中的逻辑细胞。

如果把社会理解成一个实体结构，我们就能看到社会实际上已经经历了几轮演化。从社会制度和生产关系的角度看，社会已经经历了原始社会、奴隶社会、封建社会、资本主义社会和社会主义社会的演化。从社会生产力和经济发展水平的角度看，社会已经经历了狩猎采集社会、农业社会、工业社会和信息社会的演化。

　　万物演化序列的第二个特点和趋势是：越往后演化，物质稳定性越来越弱。基本粒子最稳定，用上亿电子伏特的能量才能打开一个基本粒子结构。打开一个原子核结构，需要几千万个电子伏特。打开一个原子外层电子结构，几十个电子伏特就够了。打开一个分子结构就更容易，比如 $NaCl$ 放入水中瞬间就能分解成 Na^+ 和 Cl^-。到了细胞结构，没有外部能量的支持都维持不住自己的结构。到了有机体，我们甚至需要生死轮回才能保持它的结构。到了社会，它天天动荡，我们甚至感觉不到它就是一个实体结构。热力学第二定律也说明了这一演化特点：热力学第二定律又称"熵增定律"，表明了在自然过程中，一个孤立系统的总混乱度（即"熵"）不会减小，总是朝着增加的方向发展。

　　万物演化序列的第三个特点和趋势是：越往后演化，物质演化速度越快。地质年代以 10 亿年为计算单位，人类史前时代以千年计，而自从进入文明社会后，纪年单位开始不断缩小，逐渐变成以百年甚至十年计。人类采集时代维持了 300 万年左右没有大的变化，人类农业时代维持了 1 万年左右没有变化，而工业时代开始了不到 250 年，我们就进入了信息时代。

　　万物演化序列的第四个特点和趋势是：越往后演化，

物质的生存难度越大。所谓生存难度就是为了维护协作体的稳定性所需要付出的努力。从内部讲，生存难度大的原因是越往后演化，物质需要的基本元素越来越多，原子核只需要几个质子和中子的连接就能形成，但有机体却需要无数的原子核和电子按照既定的顺序排列组合才能形成。从外部讲，生存难度大的原因是协作程度越高，为了维持存在需要的努力越多。前面我们提到，从食物采集时代到信息时代，我们需要越来越多的学习，甚至要养成终身学习的习惯，就是协作程度越高，为了维持存在需要的努力越来越多的一个表现。

万物演化序列的第五个特点和趋势是：越往后演化，物质的能动性越来越强。从直观上讲，一块石头，如果没有任何外力，它一生什么地方都去不了，风雨雷电想把它怎么样就把它怎么样。植物能好一些，因为它开始有了生命，可以感知这个世界，可以有一点点摆动。人就更好了，可以想去自己想去的地方，可以对周围的万物有感受有理解，可以按照自己的意愿做自己想做的事，过自己想过的人生，有雨会躲，冷了加衣服，热了开空调。

我们很难理解、很难感受、很难接受万物越演化稳定性越来越弱，生存难度越来越大的主要原因就是这个——

从无机物、有机物、植物、动物到人类，从采集文明、农业文明、商业文明到信息文明，我们的主观能动性越来越强了。

万物演化序列的第六个特点和趋势是：越来越强的能动性代偿了越来越弱的稳定性和越来越大的生存难度，维持了物种的暂时存在。比如：花岗岩可以在 $-40—200$ 摄氏度保持它的物理性质和化学性质，但人体的适宜温度却只有 $36.5—37.5$ 摄氏度，于是，为了维持生物体的稳定存在，人类学会了造房子，做衣服棉被，甚至制造空调，拓宽了人类生存的温度范围。又比如，只要 Na^+ 和 Cl^- 结合在一起就能形成稳定的盐，不再需要其他物质，而人体为了维持自己的稳定存在，需要每天进食各种食物，需要各种新陈代谢活动的配合，于是，为了维持生物体的稳定存在，人类学会了采摘，学会了耕种，学会了烹饪，满足了人体对食物的需求。王东岳先生把这个用越来越强能动性代偿越来越弱稳定性和越来越大生存难度的现象，称为递弱代偿。

王东岳先生的《物演通论》是从自然存在、精神存在和社会存在三个层面带我们深入看见演化序列的这些特点和趋势，看见递弱代偿现象的存在，深入分析这些特点和趋势对我们过去、现在和未来的影响。递弱代偿是一个非常非常重要的现象，随着人类文明的快速发展，这个现象对人类的影响会越来越凸显，也会被越来越多的人注意到。感兴趣的读者可以读一下他的著作，听一下他的讲座，非常深刻。

我们习惯从能动性越来越强的阳面看万物演化序列，觉得万物越演化越强大，可是王东岳思想体系带我们从稳定性越来越弱、生存难度越来越大的阴面看万物演化序列，让我们看见了一个完全不同的世界。人类有了情绪情感以后，表面看相较于其他动物有了更强的适应反应能力，但实际上，我们绝大多数人要用一生去和自己的情绪和解，要用一生去修行掌控自己的怕和要。人类有了大脑以后，表面看有了更强的适应生存能力，但实际上，我们绝大多数人一生被自己头脑编织的各种故事折磨得痛苦不堪，只能刻意修行冥想才能让自己的大脑短暂地停止运转。市场是为了让我们通过价值交换以最低成本获取生存资源的工具，可是现在我们却被市场裹着卷着往前走，几乎没人能摆脱它的席卷。手机是为了方便我们的生活，可是现在能摆脱手机掌控，安静平静地待一天的人却少之又少。各种算法的出现是为了服务人类的生活，可是现在我们想要好好生活，却要跟着各种算法跑。

深刻理解递弱代偿原理，或者简化成稳弱能强原理，就能明白为什么我们前面说的"随着科学技术的发展，人类的生产力突飞猛进，我们时时刻刻都在创造新的存在出来，如果不能理解什么是存在，存在的运行规律是什么，那我们很可能会被自己创造的这些存在搞得狼狈不堪，甚至因为我们创造的这些存在断送了自己的生路"。

王东岳思想体系是一套基础理论，它有非常多的应用场景，这里，我们借助它预测一下人类的下一个文明。

要谈下一个文明是什么，我们必须先搞清楚，文明到底是什么。我们可以这样理解文明：人类文明的核心是人类的生存和发展，而某某文明指的是支撑和推动整体人类生存发展的支柱。采集时代的采集行为、农业时代的农业生产、工业时代的工业生产、信息时代的信息交流是在特定阶段支撑和推动整体人类生存发展的支柱，所以我们把它们命名为采集文明、农业文明、工业文明和信息文明。埃及的尼罗河、美索不达米亚平原的幼发拉底河和底格里斯河、中国的黄河是在特定阶段支撑和推动整体人类生存发展的支柱，所以我们以地域将它们命名为古埃及文明、美索不达米亚文明和中华文明。古希腊的哲学思想、科学探索和民主政治是近代支撑和推动整体人类生存发展的支柱，所以我们以地域将它命名为古希腊文明。

搞清楚了文明的本质是什么，我们看看下一个支撑和推动整体人类生存和发展的支柱会是什么？按照万物演化序列，这个支柱会让人类社会协作程度越来越高，结构越来越复杂、稳定性越来越差、速度越来越快、生存难度越来越大，但主观能动性却越来越强。符合这些条件的，智能应该算一种可能性。

智能连接的将是人类的所有知识体系，人类从古到今的所有大脑，它的协作程度和结构复杂度远超当下一切的物质。搜索引擎也同样能连接所有的人类大脑，但它最终的信息处理还是在一个人脑中完成的，处理能力有限。相比之下，智能的信息处理是在空间足够大、计算速度足够快、持续工作时间足够长的计算机中完成的，处理能力比人脑的处理能力要高很多。

智能的稳定性会更弱。从有人类以来，人类对色彩的感知没有发生过改变，492—577纳米的波一直被我们看成绿色。从地心说到日心说，从万有引力到相对论，虽然我们使用的理念模型一直在更新，但它们也是相对稳定的。今天我们使用AI，同一个问题一天内多输入几次，得到的答案都会发生变化。

智能演化的速度会更快。在过去的几十年里，计算机的处理器速度、内存容量、硬盘空间等关键参数都遵循了摩尔定律的增长趋势。每隔几年，新一代的中央处理单元（CPU）会被发布，带来更高的计算速度和更低的能耗。到了人工智能领域，这个演化速度会更快。

智能的生存难度会更大。任何优秀的算法，比如淘宝的算法、Google 的算法、抖音的算法、百度的算法、OpenAI 的算法，都是拿大量的资金和数据喂养出来的。没有资金和数据的持续喂养，智能要么夭折，要么快速退化甚至死亡。这也提醒我们普通人，虽然智能是下一个文明，但要把一个智能生命体喂养到自己开始产生数据和资金链，可以养活自己，就像把一个人类从婴儿养到成年可以自力更生养活自己，需要很长时间，需要很多精力，养育它的难度和风险非常大。

智能会迸发出极强的能量，推动人类快速发展。AI 技术可以自动化许多烦琐的工作，如数据录入、文件处理、客户服务等，从而提高生产力和效率。可以帮助交通管理部门进行交通流量预测、路况监测和智能交通管理等工作，从而提高交通出行的效率和安全性。可以和机器人结合，大大把人从日常事务中解放出来。事实上，正是借助AI，此书的成稿时间才大大缩短。因为智能将迸发极强的能量，缔造人类生存发展的新平台，谁拥有它谁将获得极大的商业利益，谁使用它谁将大大提高产出和效率，所以就算它的稳定性越来越弱、生存难度越来越大，也会有人前赴后继，促成一个个智能生命体的诞生，这也是万物演化的必然。

对万物演化机制的理解

我们在逻辑上简单推导一下万物是如何存在的？为什么演化进程是朝着协作程度越来越高、结构越来越复杂、速度越来越快、稳定性越来越差，但主观能动性却越来越强的方向进行？递弱代偿现象的本质是什么？

前面我们把存在理解成一个特定协作体的暂时稳定态，那这个暂时稳定态的协作体是如何出现的？我们可以这样理解：一种情况，在特定环境下，在可能范围内，缘分使然，出现协作体的暂时稳定态；一种情况，为了以最低能量寻求协作体的暂时稳定态，演化出了新的协作体。这里面有以下几个关键点。

第一，万物是在特定环境下，在可能范围内存在的。比如，30亿摄氏度以上不可能产生质子、中子；10亿摄氏度以上不可能产生氢氦原子核；3000 摄氏度以上不可能产生氢氦原子。比如水是在地球上的特定环境下出现的存在，如果没有地球上的特定环境，如适宜的温度、压力和大气层等，水就不可能存在。万物的存在是在特定的自然环境下发生的，理解了这个，我们就会发现《流浪地球》这部电影最大的漏洞就是，它没有考虑人是在特定自然环境下存在的，别说把地球推到太阳系之外，地球挪动 1 米，自然环境发生变化，人类都不一定能稳定存在。

第二，环境允许的情况下，有些协作体就会自然而然地存在。比如白烟囱假说中，缘分使然，甲醛和甲醛结合再断掉后会产生核糖；磷酸根、核糖和碱基组合在一起，产生了核苷酸；在热泳效应下，核苷酸和核苷酸结合产生了 RNA 长链；核苷酸、RNA 和 DNA 逆转录酶 RNA 的组合实现了用 RNA 制造 DNA。比如在人类社会中，有些人会因为缘分而相遇、相识、相知，最终成为夫妻、朋友、同事、合作伙伴，产生一个家庭、一段关系、一个企业。

第三，有些物质是为了以最低能量寻求协作体的暂时稳定态，被动演化出来的。比如在神经细胞演化假说中，为了搅动更多的水流，吸收更多的营养，领鞭毛虫开始抱团取暖，形成的多细胞生物；为了不让自己被体重压垮，演化的成骨针细胞、孔细胞；为了吸收海绵中的脏东西乃至病原体，从"搬运工"变成的"清洁工"；为了效率和节能，由清洁工演化出来的"触角"。比如，为了更容易获得食物，出现的农业文明；为了生产更多满足人类生存生活的产品，出现的工业文明；为了更快速地传递并获得信息，出现的信息文明。

接下来我们在逻辑上推导一下为什么万物越演化协作程度越高，结构越复杂，速度越来越快？

外部环境允许更复杂协作体的存在。比如，宇宙大爆炸30秒，环境允许两个上夸克和一个下夸克稳定协作产生质子，允许两个下夸克和一个上夸克稳定协作产生中子。而在宇宙大爆炸30秒以前的环境，这种协作体没办法保持稳定，质子和中子没办法稳定存在。比如人类也是在地球上的特定环境下出现的存在，人类的生存和发展离不开地球上的各种自然资源和生态环境，如果没有地球上的适宜环境，人类就不可能存在。所以，万物越演化协作程度越高，结构越复杂是外部环境允许的结果。

第二，内部环境允许更复杂协作体的存在。比如，没有质子和中子的存在基础，哪怕到了10亿摄氏度，也不可能产生氢氦原子核。没有甲醛的存在，纵使缘分使然，也无法产生核糖。内部素材越来越多，那么排列组合出丰富多彩稳定协作体的可能性才能越来越大，产生新的协作体的速度才会越来越快。就像有了互联网，很多行业很多产品只要加上互联网就可以产生一个新的行业新的产品新的职业。这也是道家说的一生二、二生三、三生万物的根本原因。

第三，万物越演化协作程度越高结构越复杂，是万物在以最低能量寻求协作体的暂时稳定态的结果。比如，环境变化后，一个原子核把自己分解成质子和中子维持稳定所需要的能量，比一个原子核拉一个电子，把自己变成氢原子维持稳定所需要的能量大得多，所以原子核没有朝着质子和中子的方向演化，而是朝着协作程度更高，结构更复杂的原子方向演化。比如，上万年前，随着人口的不断增长，食物采集已经不能满足人类的食物需要，比起缩减人类的数量维持人类的稳定存在，以自己种植的食物来补充采集食物的不足，维持人类的稳定存在更容易，于是靠采集捕猎为生的原始人抛弃了舒适而可靠的生活方式，进入了结构更复杂、协作程度更高的农业文明，去做了终日被禁锢在自己的土地或者牧场上、无休无止地劳作的农民。所以，万物并不是刻意朝着越来越复杂的方向演化，它们只是在以最低能量寻求协作体的暂时稳定态的道路上一路向前。

接下来逻辑推导一下为什么万物越演化稳定性越差，但主观能动性越强？

我们假设有 1 种基础物质、四种环境。

在第一种环境中，基础物质之间没有任何协作，各自安好，这时候，不存在任何存在，因为协作体的暂时稳定态才能称为存在，称为物质，没有协作便没有存在，没有物质。

某天，环境变化，我们进入了第二种环境，不知道是环境允许协作发生，还是为了保持稳定协作被迫发生，物质 1 和物质 1 发生协作，产生物质 2，物质 2 刚好在第二种环境下可以稳定存在。

物质 2= 物质 1+ 物质 1。

又是某天，环境变化，我们进入了第三种环境，不知道是环境允许协作发生，还是为了保持稳定协作被迫发生，物质 1 和物质 2 发生协作，产生物质 3、物质 4，物质 2 和物质 2 发生协作，产生物质 5，物质 3 刚好在第三种环境下可以稳定存在。

物质 3=（物质 1+ 物质 1）+ 物质 1

物质 4= 物质 1+（物质 1+ 物质 1）

物质5=（物质1+物质1）+（物质1+物质1）

再后来的某天，环境变化，我们进入了第四种环境，不知道是环境允许协作发生，还是为了保持稳定协作被迫发生，物质3和物质1协作产生物质6、物质7、物质8，物质3和物质2协作产生物质9、物质10、物质11，物质3和物质3协作产生物质12，物质6刚好在第四种环境下可以稳定存在。

物质6=【（物质1+物质1）+物质1】+物质1

物质7=【物质1+（物质1+物质1）】+物质1

物质8=（物质1+物质1）+（物质1+物质1）

物质9=【（物质1+物质1+物质1）+物质1】+物质1

物质10=【物质1+（物质1+物质1+物质1）】+物质1

物质11=（物质1+物质1）+（物质1+物质1+物质1）

物质12=【（物质1+物质1）+物质1】+【（物质1+物质1）+物质1】

（到这里，我们更能明白为什么一生二、二生三、三生万物了，万物都是以结构的形式存在的，只要在存在物的一个枝节加一点东西，就可能产生一个新的存在。）

在这种假设中，环境一可以称为奇点之前，因为没有任何物质的存在，所以对我们而言目前还没有探索的意义。

我们简单推导一下为什么从环境二到环境四物质稳定性越差，主观能动性越强。

以在第三种环境下存在的物质3为例，它是在从环境二到环境三的转变过程中，在物质2的第1个节点上加了一个物质1产生的存在。我们前面在探索万物的运行机制中提到，万物会以最低能量寻求协作体的暂时稳定态，正因为这个机制，物质2第1个节点和新加入的物质1之间的协作力一定比原来组成物质2的两个物质1之间的协作力弱。因为如果物质2第1个节点和新加入的物质1之间的协作力更强的话，按照最低能量维持原则，物质2在从环境二到环境三的转变过程中，为了维持稳定，它会断掉原来组成它的两个物质1之间的协作力，而不是在它第1个节点加入一个新的物质1产生物质3。物质3能在物质2第1个节点和新加入一个新的物质1，产生稳定协作，存在下来，那么新协作的协作力一定比原来协作的协作力要弱，这是由万物会以最低能量寻求协作体的暂时稳定态的本性决定的，这也就是物质复杂度越高，稳定性越差的根本原因。

举例来说，宇宙大爆炸3分钟，氢、氦原子核开始出现，并稳定存在，30万年后，氢、氦原子核的核子组成和强核力与电磁力的平衡被打破，而氢、氦原子核把自己分解成质子和中子维持稳定所需要的能量，比一个原子核拉一个电子，把自己变成氢原子维持稳定所需要的能量大得多，所以按照最低能量稳定机制，原子核没有断掉内部连接变成质子和中子，而是加了一个电子变成了氢原子。而正因为原子核加一个电子变成氢原子维持稳定所需要的能量更低，所以原子核和电子之间的相互作用力一定弱于原子核内部的相互作用力，所以原子的稳定性一定弱于原子核的稳定性。

接下来我们来比较一下物质 2 和物质 3 的能动性。在第三种环境中，物质 2 在它的第 1 个节点加一个物质 1，在第 2 个节点加一个物质 1，或者它自己和自己协作，可能产生 3 个新的协作体，物质 3、物质 4、物质 5 号。也就是说，物质 2 通过新协作产生新稳定的可能性是 3，它能作为的空间是 3。而到了第四种环境中，物质 3 通过新协作可能产生的物质有物质 6、物质 7、物质 8、物质 9、物质 10、物质 11、物质 12 号。物质 3 通过新协作产生新稳定的可能性是 7，它能作为的空间是 7。单从可能性和空间性讲，物质 2 和物质 3 谁的能动性更强？物质 3。物质结构越复杂，通过新协作产生新稳定的可能性越大，也就表现为物质结构越复杂，能动性越强。主观能动性的本质是通过新协作产生新存在的能力和空间。

举例来说，通过协作，从起点到基本粒子，我们只能演化出夸克、轻子、玻色子；从基本粒子到原子，我们可以演化出 92 种天然元素；从原子到分子，我们可以演化出上万种分子物类；从分子到生物，我们可以演化出数亿万种生物物种。物质结构越复杂，产生新存在的空间越大，表现出来的就是生物比分子，分子比原子，原子比基本粒子有更大的主观能动性。采集时代，我们只能采集和狩猎；农业时代，因为人类的协作，我们可以种植、畜牧、制作手工艺品、建造房屋；工业时代和信息化时代，因为协作程度更高，在协作体上作为产生新存在的可能性更大，于是我们有了市场经济，有了资本市场，有了各种科技产品，表现出了更强的主观能动性。

看清万物的演化机制，我们会发现，万物的存在过程，没有情感因素，没有意识决定，也没有意愿表达，它只是在特定环境下自然而然出现的协作体，只是为了以最低能量寻求稳定出现的一个个协作体。我们总结的物质稳定性越来越弱，其本质只是协作体和新增元素之间的相互作用力越来越弱。我们总结的物质能动性变强只是协作体通过增加协作产生新协作体的可能性变大、空间变大。

最后，我们探索一下递弱代偿现象的本质。

按照前面的推导，一个物质通过新增协作变成一个新的物质的过程中，递弱自然发生，因为按照最低能量求稳机制，和新增协作之间的相互作用力一定小于原物质内部的相互作用力。一个物质通过新增协作变成一个新的物质的过程中，能动性自然变强，因为新物质内部元素更多，感应触角更多，通过新协作产生新存在的能力和空间更大。递弱代偿原理就是告诉我们，那些能以越来越强能动性代偿越来越弱稳定性的协作体会暂时稳定存在下来，并成为演化舞台上的主角。而那些没有能动性、没有代偿能力的协作体会失存于演化的长河中或者会成为演化舞台上的侧枝盲端。所谓侧枝盲端就是没有了演化的空间和可能。

举例来说，人类没有很多动物跑得快，没有很多动物力气大，没有很多动物嗅觉灵敏，而且适合人体协作体生存的温度只有 36.5—37.5 摄氏度，对生存环境的要求极其严格，但人类却可以在动物中脱颖而出蓬勃发展，其根本原因是人类有能动性和代偿力。他们用自己强的能动性代偿了自己弱的稳定性。他们能生产工具，借助和工具的协作，快速把自己变成新的存在，代偿了他们跑不快的腿、较弱的力量和迟钝的嗅觉。虽然他们对生存环境的要求极其严格，但他们能制造房子，做衣服棉被，制造空调，用他们的能动性代偿了他们对温度的要求。这种能动性和代偿能力使人类暂时稳定存在了下来，而且成了演化道路上的主角，而其他没有能动性没有代偿能力的动物要不然已经消失在了演化的长河中，要不然成了我们看到的演化舞台上的侧枝盲端。

递弱代偿的本质就是用增加新协作产生新存在的能力代偿原协作体的不稳定性，但不幸的是，按照最低能量稳定机制，新协作体的稳定性　定低于原协作体的稳定性。换句话就是，不稳推动了演化，而演化导致了更加的不稳。于是，我们就在这个绚丽多彩的演化舞台上，上演着一出出精彩绝伦的演化大戏。

理解和应用递弱代偿原理的关键是理解代偿。物质没有代偿力就代表没有产生新存在的空间和能力，就代表没有能动性和适应力。而没有演化空间和能力，没有能动性、适应力和代偿力的结果就是，环境一旦变化，原物质就可能被淘汰，或者成为侧枝盲端，这是达尔文物种起源学说的核心。但物质一旦向前演化，发挥能动性、适应力、代偿力，结构就会复杂，稳定性就会减弱，这是王东岳物演通论学说的核心，也是我们前面推导的结论。所以，我们好像面临这样一个死局：主动作为，充分发挥我们的能动性、适应力、代偿力，会把我们带到越来越糟糕的生存境遇；不作为，我们就会因为和新环境不适应、不匹配很快被淘汰出局。

破局的关键是如何发挥能动性掌控自己的能动性和代偿力。比如现代社会我们可以吃各种美食，喝各种饮料，用各种娱乐活动打发自己的时间，但我们却甘其食，美其服，安其居，乐其俗，坚持长期修身养性，这样我们就可以减少对身体协作体的扰动，维护身体协作体的稳定性。比如当我们的企业发展到一定程度，可以做很多事情的时候，我们却花大量的时间选择自己不做什么，这样可以避免无谓的风险和浪费，节省时间精力和资源，维护企业协作体的稳定性。比如当我们的权力和地位达到一定程度，可以轻易左右欺压别人时，我们却认真对待每一个生命，不让自己的权力和地位影响自己的本心，偏离了正道。比如老子提出："小国寡民。有什伯之器而不用；使民重死而不远徙。虽有舟舆，无所乘之；虽有甲兵，无所陈之。使民复结绳而用之。邻国相望，鸡犬之声相闻，民至老死，不相往来。"保持代偿力，有什伯之器、舟、甲兵，但用自己的能动性掌控自己的能动性和代偿力，不用、不乘、不陈。

对生的理解

有了对存在的理解，我们可以对"生"有一个新的理解。所谓"生"，就是协作体暂时稳定的过程，而万物都有"求生"的意识。

以氢原子举例，氢原子由一个带正电的质子和一个带负电的电子构成，这种协作体稳定存在，我们可以说氢原子生，这种协作体破裂，我们可以说氢原子灭。而一旦质子和电子相互感应相互协作产生氢原子，它们就会牢牢抓住对方，维护着氢原子协作体的稳定，表现出"求生"的意识。

以我们食用的盐为例，它的化学结构是 NaCl，是由钠离子（Na^+）和氯离子（Cl^-）通过离子键结合在一起产生，这种协作体稳定存在，我们可以说盐分子生，这种协作体破裂，我们可以说盐分子灭。而一旦钠离子和氯离子相互感应相互协作产生盐分子，它们就会牢牢抓住对方，维护着盐分子协作体的稳定，表现出"求生"的意识。

一说到求生，人们本能地会认为求生是生物才有的特性。因为从直观上讲，只有生物才会为了生存不断作为，植物会为了生存不断进行光合作用，动物会为了生存不断猎取食物，人更是会为了生存辛勤劳作一生。我们从未见过一块石头为了生存有什么作为。如果我们认为求生是生物才有的特性，那是因为我们对存在没有深刻的理解。如果我们能理解存在就是协作体的暂时稳定态，我们就会发现万物都在求生。因为求生的本质是求存求稳，万物都在求存求稳，所以万物都在求生。

质子的求生特性表现在，当两个上夸克和一个下夸克相互协作产生质子后，它们会牢牢地抓住对方，排斥着其他物质对它们的影响，维持着质子协作体的稳定存在。氢原子的求生特性表现在，当一个质子和一个电子相互协作产生氢原子后，它们会牢牢地抓住对方，排斥着其他物质对它们的影响，维持着氢原子协作体的稳定存在。植物的一个求生特性表现在，它通过叶绿素等色素吸收光能，驱动光合反应链，最终产生能量和有机物质，维持着植物协作体的稳定存在。人体细胞的一个求生特性表现在，细胞通过吸收营养物质，合成和储存生命所需的物质，如蛋白质、核酸和脂类，通过将储存的物质分解为能量和废物，以维持细胞的正常功能，维持着细胞协作体的稳定存在。

我们很难看见、感觉、理解无机物的求生特性是因为，我们人为地把那些具有能量代谢功能、能回应刺激及进行繁殖的协作体，或者简单说把那些会动、能动、需要动的协作体称为生命。生命生的过程伴随着剧烈的动，所以很容易被人们看到、感觉到、理解到。而无机物生的过程动得很少，所以很容易被人们忽视。对"生"有了新的理解后，再看周围，我们可能会看见一个完全不同的世界。在新的世界里，世间万物皆有灵，一花一木一山一石皆生命。

生命的主要特点就是它们会运动，会为了生命协作体的稳定性不断地动，不断地作为，不断地发挥自己的能动性和代偿力。那接下来让我们看看人类在求生求存的道路上努力作为，发挥能动性和代偿力演化打造出来的，那些我们习以为常却细微至极的求生工具。

自私性是我们的求生工具。神经系统具有边界特性。这种边界特性反映到意识层面，就是我们有"我"和"他"的概念。这种"我"和"他"的概念成就了我们的外在协作。试想一下，如果不建立"我"和"他"的概念，协作的双方如何确定身份？如何确定谁和谁协作？协作如何进行？很多人认为人类一切矛盾和邪恶的根源在于人类的自私性。可是，如果我们理解了外在协作的基础是分清"我"和"他"，人类存在的最基本目标是维护"我"的协作关系，保证"我"的存在，我们便会发现，人类的自私性只是人类这种物种存在最基本的求生工具。

重要性是我们的求生工具。戴尔·卡耐基的大部分方法基于基础人性——人都在寻求自己的重要性。马斯诺需求层次论的"尊重"和"自我实现"的需求也基于这样的人性——人都在寻求自己的重要性。为什么人要寻求自己的重要性呢？这跟我们是社会性群体有关。社会性程度越高，我们越会追求自己的重要性。社会性程度越低，我们越会轻视自己的重要性。树木之间没有社会性，所以它们不需要演化重要性。猴子之间有社会性，所以它们演化了重要性或者说自尊心。

作为社会性群体，我们的存在很大程度上依赖于我们的外在协作。外在协作的首要任务就是选择协作对象。选择就必然会有标准，外形、声音、气味、学识、金钱、名望、权力、地位等都是我们演化的选择系统。我们通过这些系统选择自己的协作对象，而希望得到这些协作的个体会努力争取自己在这些标准中的表现，使自己很重要，从而获得协作机会。我们追求重要性的根本动因是希望维护自己建立协作关系的可能性。我们必须依靠外在协作才能生存，所以我们要一直不断维护着这种建立协作关系的可能性。

金钱是我们的求生工具。在人类演化的所有协作媒介当中，金钱是最大、最有效、最高效的协作媒介。试想一下，如果没有金钱这种媒介，我们靠什么来达成人类这么大范围高效的协作体系。因为是最佳协作媒介，所以绝大部分人都会追求金钱。追求金钱的本质是追求建立任意协作关系的可能性。

情感是我们的求生工具。接下来，我们讨论一下我们的情感。什么是喜欢和爱？喜欢泛指喜爱，也有愉快、高兴、开心的意思，喜欢实际上是一种感觉，包含欣赏、仰慕、钦佩、倾心爱慕；爱是对人或事有深挚的感情。那什么是喜爱？什么是感情？这种感情又从何而来？我们仔细分析自己的这种情感，会发现，喜欢是想要"协作"的意愿表达。我们喜欢路边的一朵小花，真实意图是想要在下一秒继续看见它，希望它的颜色、形状、气味能给我们继续带来愉悦。如果下一秒我们不想再见，那么情感反应就不是喜欢而是讨厌。

爱是想要"协作"的同时愿意为之付出。我们爱我们的孩子，爱我们的家人，这种情感的本质是想要一直在一起并自愿为对方付出时间、精力、金钱、经验等资源的一种意愿。爱同时是所有正面协作能量的集合，爱意味着信任、理解、包容、尊重、付出，甚至是奉献和牺牲。所以，情感的本质是我们建立外在协作关系的生存工具。

负面情绪是我们的生存工具。当人们面对恐惧刺激时，身体会释放出一些化学物质，例如肾上腺素和皮质醇等。这些化学物质会通过神经系统传递到身体的各个部位，例如心脏、呼吸系统、消化系统和循环系统等，从而导致一系列生理反应。我们的呼吸会急促或浅，心跳会加速，更多的血液和氧气会输送到大脑，身体肌肉会紧张。同时，作为管理者的我们在收到恐惧信号后，会快速思考，找到应对之策。

当我们遭受到伤害、失去重要的人或事物时，我们会感到悲伤，悲伤时身体会释放血清素和去甲肾上腺素等激素，帮助我们释放情感，减轻内心的负担，应对压力和困难。而作为管理者的我们在收到悲伤信号后，会更珍惜当下的人和事。

当我们意识到自己的行为或决定对他人造成了伤害或不便时，我们会感受到内疚，作为管理者的我们在收到内疚信号后，会反思自己的行为，思考自己的责任和义务，从而更好地理解自己和他人的需求。内疚是为了告诉我们有些债要还了，它是一份弥补的动力。所以，情绪的本质是我们建立内在协作关系的生存工具。

想象力是我们的求生工具。大家都发现人与其他动物相比，最大的区别就是人具有想象的能力。可是这种能力是如何演化出来的？万物总是超前发展的，所以为了保证明天的存在，有些生物就开始慢慢演化判断未来方向的能力。但方向一定是建立在趋势之上的，没有趋势何谈方向。要了解趋势，万物就一定要存在逻辑关系。想象力便是大脑将已有信息进行排列组合产生某种逻辑的能力。

拥有了想象力，我们可以将周围的事物按照某种逻辑关系进行解释和理解。依据这种解释和理解，我们可以"看清"事物发展的趋势，做出有利于明天存在的判断。所以，想象力是人类为了求存而演化的一种能力，也是人类能否存在的一种必备能力。

在漫长的演化过程中，我们演化了无数的求生工具，在此我们不可能一一列举。只要我们理解存在的本质，理解万物演化的机制，慢慢体会我们是怎样的一种存在，通过慢慢洞察和推理，我们便会寻找到它们的踪迹，了解它们的真相。

匹配共振产生存在

　　我们从量子力学开始说起。依照目前科学发现，基本粒子是物质的最基本单位，是组成各种各样物质的基础，夸克是一种参与强相互作用的基本粒子。提到基本粒子，很多人想象出来的画面都是非常非常小的球状物质，它有具体的位置和运动状态。可实际情况是，基本粒子既是粒子也是波，它的位置和运动状态都是随机的。我们很难想象它是一种怎样的存在，人类目前的仪器也无法观测它的存在形式。于是，通过它们表现出来的各种现象，科学家们开始解释猜测，提出各种理论和模型。虽然理论和模型很多，但到目前为止，有一点是得到大家共识的，那就是，粒子是由波激化而来。也就是说，波和波共振产生波峰，波峰就是粒子，波峰的位置和运动状态就是粒子的位置和运动状态。这就是在量子世界中，因为匹配共振产生的存在，也是一切存在的基础逻辑和形式。

接下来我们说说东西方文化是如何通过匹配共振存在的?

中国的地理环境决定了中华文明是一个以家庭为主体，以血缘关系为纽带的社会结构。为什么? 首先，中国西有青藏高原，北有大片的沙漠，东有太平洋，南有南海和东海，在过去交通不发达的年代，这些地理条件造成了一个封闭的生存环境。生存环境封闭阻断了交流和干扰，这决定了中华文明构建的协作体的稳定性不会被其他文明影响。其次，黄河流域土地肥沃，适宜农业生产，这决定了我们只需要参与家庭协作，就可以以最低能量获得生存资源，保持稳定存在。所以，在中华文明中，家庭是社会结构的最小单元。而维系家庭的就是血缘关系，所以，血缘关系就成了构建更大协作体的有效工具。孔子的思想核心就是用"血缘关系"构建社会协作体，这和中华文明的根高度匹配共振，所以孔子的思想才能在中国几千年经久不衰，大放光彩。我们这段展示了什么? 中华文明是和中国地理环境高度匹配共振产生的存在，孔子的思想是和中华文明高度匹配共振产生的存在。

接下来说西方文明，西方文明起源于环地中海地区。环地中海地区的土地质量较差，大部分是石灰岩和砂岩等贫瘠土壤，不利于农作物的生长，但因为它们地理环境开放，可以充分地交流和互动。于是，"市场"在这样的地理环境中被高度需求，如鱼得水，得到蓬勃发展。所以，在西方，想要获得生存资源，保持稳定存在，就需要参与市场协作。而市场协作的本质是价值交换，是个人主义。所以，西方很少强调家庭，它们更注重个体的发展。我们这段展示了什么？市场是和西方地理环境高度匹配共振产生的存在，西方文明是和西方生存方式高度匹配共振产生的存在。

匹配共振不仅产生存在，不断的匹配共振还会激发能量。比如孔子思想和中华文明不断地高度匹配共振，不仅激发了孔子思想的能量，也激发了中华文明的能量，让孔子思想和中华文明在过去五千年中一直大放异彩，对于中国人民乃至全世界都具有重要的影响和价值。而市场机制和西方文明经过近千年高度匹配共振，不仅激发了市场机制的能量，也激发了西方文明的能量，让市场机制和西方文明如今席卷全球。

匹配共振产生存在，激发能量，不仅体现在物质存在上，文明文化上，它还体现在很多很多方面。比如当我们和一件事情高度匹配共振后，我们就能感受到自己的使命，而这份使命感又可以帮我们突破"我"的桎梏，激发我们内在更强的潜能。很多家长都想把孩子培养成为他们自己，很多人终其一生的追求都是成为他们自己。可什么才是自己，如何才能成为自己，却很少有人有清晰的答案。当我们所处的环境、选择的伙伴、选择的事业方向和自己的性格，和自己当下的状态越匹配越共振，我们才越感觉舒服自在，才越容易激发生命本能和生命潜能，才越容易成功，才越能成为我们自己。

接下来，我们说说匹配共振在事业方向选择上的应用。我们先从社会开始谈起。社会是由个体组成的更复杂的协作体。东西方文化的本质区别就是由个体组成群体或者说社会的方式不同。以中国为代表的东方主要依靠血缘关系把个体组成了群体，以美国为代表的西方主要依靠市场关系把个体组成了群体。血缘关系的本质就是关系，而市场关系的本质是价值。所以在中国，想要活得自在，比起价值，更需要关注的是关系，这点在过去的中国表现得尤为明显。而在西方，想要活得自在，比起关系，更需要关注的是价值。

随着交通的便捷和科技的发展，西方文明开始向全球蔓延。因为市场实现了 1+1>2，通过市场上的价值交换实现了以最低能量维护人类个体和群体的存在，所以，市场这种协作机制迅速席卷全球。现在，不管是在东方还是西方，想要在以市场为主导的现代社会生活得很好，就都需要参与到市场的运行当中，培养自己的差异化价值，用自己的差异化价值进行价值交换，获取生存资源。

差异化价值就是我们不同于别人的价值，就是我们有而且别人需要的价值。比如，我会管理，你懂技术，他能营销，我们就可以价值交换相互协作，共同创业。

依据对差异化价值的理解，我们可以推断：标准培养体系培养出来的人很难取得大的成功。我们一定要有这样清醒的认识。原因很简单，因为太过标准。我们所具备的别人也能具备，作为协作对象没有协作优势。如果想要获得大的成功，我们需要依据自身的情况刻意培养自己的差异化价值。真正成功的人背后的知识体系和认知模式是差不多的。只要认真深入地研究几位成功者的思维方式就会发现他们的共通之处：他们真正成功的原因是他们找准了自己的突破口，将所有能量通过一个最恰当的口释放了出来。

　　这里，我们再说明一点：没有被需要，就算我们的差异化价值再大，也无法在市场上通过价值交换换取生存资源。差异化价值只有通过供求关系才能发挥出它的价值。比如，如果一个公司生产了一种高品质、功能强大的产品，但是市场上没有人愿意购买，那么这种产品的差异化价值就无法得到发挥。相反，如果市场需求量大，而且消费者愿意支付高价购买这种产品，那么这种产品的差异化价值就能得到充分实现。

　　供求关系是一个非常非常重要的概念，它不仅在商业中起作用，在政治和文化中也同样起着举足轻重的作用。中国的儒家文化在全球被推崇，被认为是中国文化的瑰宝，在一定程度上，它也是特殊政治体制供求关系的产物。中国的帝王通过权力系统掌握着普通大众的生存资源，他们出于管理需要对儒家文化有强烈的需求。而其他人为了获得生存资源就会研究儒家文化，争取与权力阶层站到一起。儒家文化反过来也进一步巩固了权力阶层的地位。以此循环，儒家文化就根植于整个社会体系当中。从另一个角度理解，我们又可以认为儒家思想是一套很有效的管理思想。

　　对于供求关系一定要保持高度的敏感。如果没有能力把握这种关系，我们可以将自己做到最好，然后等待机会的降临。如果想主动追求成功，就需要研究自己所在领域的供求关系，将自己的差异化价值在合适的时机发挥到极致。

准确判断供求关系需要我们有大局观，要求我们从宏观上分析事情的态势和趋势，需要我们对事情的变化足够敏感，在趋势发生转变后甚至提前及时地做出反应。很多人就是因为在别人还没有反应过来的时候，已经占领了最佳位置，才成为成功者。当然也有很多人是因为机缘巧合，站在了最佳位置，才成为成功者。

关于如何发现自己的潜能，挖掘自己的差异化价值，这里我们借鉴一下杰克·韦尔奇在《商业的本质》中提到的"命运之域"职业评估方法。它的大体思想是这样的：

把你的生活想象成两条高速公路，一条路上代表着你擅长的事情，另一条代表着你真正喜欢做的事情。现在，想象一下这两条高速公路交叉的情景。你的幸福与你的能力实现了交叉，没错，这个交叉点，就是你构建职业生涯最理想的地方。

无论是从概念上，还是从实践上，"命运之域"都打破了跟风式的职业发展轨道。生活中很多事情都是由跟风引起的，比如我们去哪儿读大学、最后定居在哪儿以及去哪儿工作等等。"命运之域"这个职业生涯评估过程反对这么做。它是"跟风"的解药，而且是我们所知的最好的解药之一。

第一条高速公路，即"你非常擅长的事情"。这并不意味着你擅长或有点擅长的事情。如果你让人们列出自己擅长的事情，那么大多数人给你的列表可能很长。比如，你可以想象得到，肯定有人会说"我擅长写报告，我擅长数学，我擅长把事情做完美"等等，不一而足。得益于良好的养育、教育和天生的才能，这个世界上大批大批的人都擅长这些，从某种程度上来说都成了"通才"式的人物，但你擅长做某件事情并不意味着你"非常"擅长。

因此，忘掉这些泛泛而谈的"擅长"。"命运之域"的力量在于"非常"二字。你比大多数人都擅长什么呢？事实上，你比绝大多数人都擅长什么呢？面对这样的问题，你的回答必须慎之又慎。你可能会说："我特别擅长用通俗易懂的语言去解释复杂的科学概念，每个人都称赞我这个能力。"或者"我特别擅长用数学方法为新企业分析成本和利润率问题"。或者"我很擅长在时间非常紧的情况下作为团队的一分子完成自己的工作，我甚至擅长让互不欣赏的人之间达成共识"。

我们要拿出足够的时间来发掘自己的技能或特点，看看究竟自己哪些地方最与众不同。这个过程非常重要，无论如何强调都不为过。你可以回想一下自己从学校到野营地，从家庭到工作的生活经历。你在哪些情形下表现得特别突出？和事佬、谈判者、倾听者、说客、分析师、发明家、评论家、主持人、竞争者等等，你最擅长哪个角色呢？人类的潜力是无限的，同样，你可能擅长的事情也是无限的。

找出第二条高速公路代表的东西要容易一些，人们往往很自然地知道他们喜欢做什么，因为一旦喜欢一件事情，就想一直做下去，似乎怎么也做不够。但在思考自己喜欢做什么时，严谨一点去思考，考虑一下在接下来的几个星期、几个月或一年内想做什么。你最期待哪些活动？哪些活动令你最兴奋，甚至快乐？是为你的团队提出一个新的商业计划，还是独自一人或者与自己的亲密顾问坐下来思考战略决策？是和朋友一起吃晚餐，还是去当地学校做志愿者陪伴和指导孩子们？你喜欢的事情可能非常多，能够列出一个很长的清单。但为了更好地评估你的职业发展前景，你需要缩小选择范围。哪些活动、事业和娱乐活动真的能让你如痴如醉？

回答了自己擅长什么和喜欢做什么之后，接下来就要思考在这两条路的交叉路口都有哪些行业、公司或工作。这个答案有时很明显，有时不那么明显，原因很简单，因为生活中总是存在这样那样的限制条件，比如财务问题或其他个人问题等，这些问题可能阻止你自由的脚步。

找到自己的"命运之域"在哪里，成就便会与幸福相遇。在那里，工作不再只是工作，而是完全变成了自己的生活。（出自杰克·韦尔奇的《商业的本质》）

杰克·韦尔奇的"命运之域"法就是匹配共振在事业方向选择上的经典应用。其核心就是当我们的喜好、擅长和某个领域共振后，我们的潜能将被激活，我们会创造属于自己的存在。

平衡才能长期稳定存在

　　原子核的稳定主要是由其自身的核子组成和强核力与电磁力的平衡决定的。生物群落和非生物环境之间相互作用、相互制约形成的生态平衡系统，是人类稳定生存发展的必要条件。从质子、中子到原子核，从原子到分子，从细胞到人类生命体，从人类社会到地球整个生态系统，万物只有平衡才能长期稳定存在。本章我们提出两个重要的平衡图。

　　第一幅图是人际关系平衡图。

区域1	区域3	区域2
我	我=他人	他人

在人际关系中，身处区域 1 中的人，心中自己的分量
会比较大，往往只考虑自己的利益，而不考虑他人利益。
他们通常不愿意与他人分享自己的财物、知识或经验，因
为他们认为这些都是自己的财产。通常不考虑他人的感受
和需要，只关注自己的利益。通常不愿意帮助他人，因为
他们认为这会浪费自己的时间和精力。通常不尊重他人的
权利和尊严，甚至会侵犯他人的权利。这样的人可能会在
短期内获得一些利益，但长期来看，他们可能会失去他人
的信任和支持。虽然区域 1 中的人只考虑自己，但他们经
常却会不开心，因为他们只能看见自己，看不见别人，所
以一切问题和矛盾对他们而言，都是别人针对他们的恶意，
都是别人故意为难他们。他们无法超脱自己看见事情的全
貌和真相，常常会深深地陷入自己的情绪和利益中。

在人际关系中，身处区域 2 中的人，常常以他人的需
求和感受为中心，忽略自己的需求和感受。他们通常会过
度关注他人的意见和评价，努力满足他人的期望和需求，
以获得他人的认可和喜爱。通常缺乏自信，需要通过他人
的认可和喜爱来获得自我价值感。通常难以拒绝他人的请
求和要求，即使这些请求和要求会对自己造成不便或压力。
这样的人在短期内常常获得他人的认可和喜爱，但长期来

看，他们可能会失去自我，感到疲惫和压抑。

事实上，区域1和区域2里人的本质是一样的，都是生命能量太低，区域1里是因为生命能量太低牢牢护着自己，看不见别人，区域2是因为生命能量太低讨好别人，让别人看见自己。相比于区域1和区域2，区域3中的人能够同时关注自己和他人的需求与感受，并且能够在二者之间取得平衡，他们通常能够在与他人交往时表现出关心和体贴，能够在与他人交往时保持自我，能够理解和尊重他人，能够与他人建立深层次的联系，具有较高的情商和社交能力，并且能够在工作和生活中取得成功。

人际关系平衡图就是想引导我们，把自己和他人放在同等地位去考量。这样我们就会拥有良好的孝亲关系、夫妻关系、亲朋好友关系、师生关系、上下级关系、同事关系，我们与别人的协作效率也会提高。如果我们管理一个项目、一家企业或者一个国家，我们的管理智慧也会因为能考量到每个人而大幅提升。平衡我和他人的分量，不仅有助于我们的人际关系、协作效率、管理智慧，它还有助于我们理解众生平等、践行众生平等。众生平等是思境到达一定高度看见的万物运行大道，是心境到达一定高度拥有的慈悲博爱之心，更是人类刻在基因和文化中的最基本的生存之道。

人和人之间、企业和企业之间、国家和国家之间、个体利益和群体利益之间的利益经常是相互冲突的。有些资源你占有了，我就没活路了，有些资源我占有了，你就没活路了。我们必须通过斗争争取自己的生存资源。不斗争，不争取，乞求别人的施舍，不仅没尊严还没出路。这是从个体角度看，最基本的生存法则。然而，如果我们想要的不仅是当下的生存，还想要长期稳定的存在和发展，我们就需要拥有开放之心，突破自己的利益执着，践行众生平等，不断耐心寻找利益冲突各方在"第三空间"中的出路（"第三空间"是面临死局时人类的智慧打开的空间），让大家都能活下去。大家都活下去了，群体的生存生态才不会破坏，我们也才能更好地更长久地生存。

践行众生平等，不仅能保护群体的生存生态，让所有人都能活下去，它还表现出极高的道德素养。说到道德素养，我们探索一下什么是道德。关于道德有很多解释和理解。虽然解释和理解不同，但评价一个组织或者一个个人道德水平的标准却大致相同，那就是中国古人总结的"仁义礼智信"。关于这五个字的解释有太多，但大多都停留在感性层面。那到底什么是仁义礼智信？

仁者，心中有别人。能考虑到别人的需求、情感、情绪、处境、利益的人，我们称为仁者。

义者，心中有正义道义。在自己的需求、情感、情绪、处境和利益等因素面前，也能考虑到别人、考虑到大家。

礼者，维护别人的重要性。在别人说话的时候不打扰认真聆听，吃饭的时候等候别人然后一同用餐，约好的时间准时到不让别人等待，对于别人的成绩充分肯定，对于别人的付出心怀感恩，尊重别人的习惯，体谅别人的难处，理解包容别人的"坏行为"，这些都是对于别人的尊重，也是别人能感受到自己重要性的来源。

智者，知"道"行"道"。智为什么是一种道德？在所有人都考虑长远目标和集体利益，努力约束自己现在的行为，已达到长远利益和集体利益最大化的过程中，如果有一个人因为认知不足，只考虑短期目标和个人利益，那他就会破坏大家努力维护的协作关系，损害其他人的利益。任何人际关系和事情都是需要技巧和方法的，而如果我们掌握不了这样的技巧和方法，就会影响周围人的协作，从而损害其他人的利益。因为智慧的缺乏无法达成更有效的协作关系，也会损害所有人的潜在利益，所以智也是一种道德。

信者，维护别人稳定的利益。大家对"信者"的印象一般都是这样的：说到做到，生意上不会因为小利益出卖伙伴关系，情感上靠得住。理性分析这些现象，我们会发现它们的本质都是：不管是从说话开始建立的协作关系，还是从金钱往来开始建立的协作关系，抑或从情感交换开始的协作关系，与"信者"建立的协作关系自建立之初就很稳定，这种稳定能带给别人安全感。当然，这种稳定感和安全感需要通过长时间的经营才能获得。

通过分析，我们会发现仁义礼智信的核心就一个词：别人。所以，那些心中有别人，能在任何情况下考虑别人的人，我们称之为有道德的人。我们强调人的道德修养，培养人的道德修养，是因为，考虑自己是本能，而考虑别人需要修炼。如果不强调道德修养，不培养道德修养，这世间到处都是冷漠的灵魂，利己的自私鬼，人间的温度和人间的互帮互助根本无法发生。

但传统意义上的道德却忽视了"我"的存在。我们一说到道德，脑海中习惯性的会把它跟别人、付出、奉献这些词联系在一起，我们赞美自我牺牲式的付出，标榜舍己为人的壮举。我们忽视了维护"我"的存在是人的求存本能，也是"我"最基本的职责。所以，传统意义上的道德让人间出现了很多浑身怨气的好人，很多委屈的圣母，很多暴躁的忍者。

而按照人际关系平衡图，把我和他人放在同等重要的位置考量，践行众生平等，我们既能尊重每个个体维护自己存在的本性和职责，也能维护群体生态环境。人类社会自出现以来，一直面临一个基本矛盾：个体利益还是群体利益？人际关系平衡图强调我和他人同样重要，引领人们运用自己的智慧在第三空间找到问题的答案，所以它也是平衡个体利益和群体利益很好的工具。

我们提出的第二幅图是人类社会生存发展平衡图。

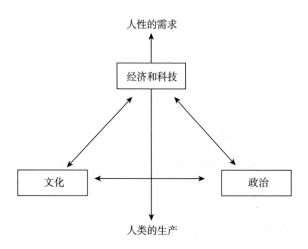

人类社会生存发展平衡图的支柱是人性的需求和人类的生产之间的平衡。我们一直说经济的一头是需求，一头

是生产，可是更深刻一点的理解应该是，经济的一头是人性的需求，一头是人类在大自然中的生产。经济繁荣实际挖的是人性的矿，人性的矿被挖得越深，人性的需求被挖出来得越多，经济越繁荣。但人性被挖得越深，满足的越深，我们离本我就会越远，人性的恶魔越容易释放出来，把控自己就更难，摔跟头和遇到风险就会变得更容易。就如我们是个领导，有权有势，就会有很多人挖空心思研究我们的需求，满足我们的需求，在诱惑中，在被满足中，我们更容易背离初心和本我，走向欲望的深渊。

人性的需求和人类的生产之间的平衡往往伴随着科技的发展。科技发展的最大动力就是提高人类的生产能力，更好地满足人性的需求。当科技知识转化成生产力，生产关系就随之决定。比如，随着工业革命的到来，机器化生产取代了手工劳动，生产力水平大幅提高，这种生产力水平决定了工业社会的生产关系是以大规模工厂化生产为主，资本家拥有生产资料，雇用工人进行生产，产品通过市场进行销售。生产关系一旦确定，个体和个体如何组建成群体、权力如何运行、资源如何分配的政治体系就开始匹配。与此同时，与政治体系、经济体系相匹配的，涉及人类思想、价值观、行为、信仰、习俗等等方面的文化体系也开始匹配。由科技变革开始，经济体系、政治体系、文化体系慢慢匹配，最终会诞生一个个社会形态。比如石器、青铜、铁器、蒸汽、电气、信息等的使用，让我们诞生了原始社会、奴隶社会、封建社会、资本主义社会、社会主义社会。

政治、经济、文化是人类社会的三个重要方面，它们相互关联、相互影响，共同构成了人类社会的基本框架。如果政治、经济、文化之间相互匹配平衡，那么社会稳定。如果政治、经济、文化之间不匹配不平衡，就会出现社会动荡。比如唐朝是中国历史上的一个重要朝代，其政治制度是中央集权制，经济制度是封建经济，文化传统是儒家文化。唐朝的政治制度和经济制度为其文化的发展提供了稳定和有序的环境，同时其文化传统也为政治制度和经济制度的稳定与完善提供了思想基础。政治、经济、文化之间的匹配平衡，造就了唐朝的太平盛世。比如近代，西方的市场经济体制进入中国，与中国传统的中央集权政治制度和儒家传统文化不匹配，导致了中国过去的政治、经济、文化平衡被打破，进入失稳状态，这也是中国近代社会动荡的一个很重要的原因。

政治、经济、文化的平衡一旦形成，哪怕这个社会体系中问题频出，这个平衡也很难打破。一来强大的利益关系在起作用。平衡一旦形成，利益关系就会开始形成，利益集团会拼命维护自己的利益，想要打破很难。二来强大的惯性在起作用。以最低能量寻求出路是万物运行的自然律，而按照既定轨道运行是最省力的办法。所以从古到今改革很难，重塑是个非常非常痛苦的过程，不管是个人，还是社会，不疼到骨头上是不会反思反省改变的。社会的转型往往是在非常多条件的共同作用下才完成的。比如"百年翻译运动"保留文献、蒙古西征促进技术更大范围西传、黑死病使人们投向现世、意大利资本主义萌芽、东罗马遗留的古籍文献等等这些条件才推动了 14 世纪到 17 世纪的文艺复兴运动，结束了西方教权至上的社会构型。

接下来，我们讨论一个非常熟悉的概念：市场。市场的本质是什么？它为什么能长久的存在于人类社会当中？答案是：市场的本质是试图通过价值交换实现以最低能量维护人类个体和群体的存在，它之所以能长久的存在于人类社会当中，是因为它实现了 1+1>2。

曼昆在《微观经济学原理》阐述过这个原理，他说，贸易可以使每个人的状况都变得更好。并举了一个牛肉和土豆的例子：假设世界上有两种物品——牛肉与土豆，也只有两个人，种土豆人 Frank 和牧牛人 Rose。如果他们老死不相往来，那么一位只能吃一辈子土豆，另一位吃一辈子的牛肉。可是如果他们之间产生交易，他们每个人就都可以有汉堡包和炸薯条了。而且，他通过数据展示了贸易的神奇之处。

交易前：Frank：4 小时种土豆（16 盎司土豆），4 小时养牛（4 盎司牛肉）；Rose：4 小时种土豆（24 盎司土豆），4 小时养牛（12 盎司牛肉）。两个人一共 40 盎司土豆（16+24）和 16 盎司牛肉（4+12）。

交易后：Frank：8 小时种土豆（32 盎司土豆）；Rose：2 小时种土豆（12 盎司土豆），6 小时养牛（18 盎司牛肉）。两个人一共 44 盎司土豆（32+12）和 18 盎司牛肉。

他通过分析得出结论：双方从中获益是因为两个人都从事自己最擅长的部分，由于专业化和贸易，每个人不需要额外的投入，却都可以消费更多的牛肉和土豆，使得经济中的总生产量增加。

曼昆的分析向我们直观地展示了市场的本质是试图通过价值交换实现以最低能量维护人类个体和群体的存在，它的神奇之处在于它实现了 1+1>2。

但任何事物都有它的一体两面性。市场通过价值交换实现以最低能量维护人类个体和群体的存在，这是市场的正面作用。市场的负面作用体现在：它是通过价值互换实现人与人之间的协作的，强调价值的重要性，势必会损伤人和人之间情感的连接；另外，每个人都想最大化自己的差异化价值，从而利用市场换取生存资源，实现自己的生存，满足自己的私欲，这也导致每个人都非常积极地作为，社会中出现各种卷；人的身体结构、心理承受能力、思想能力都是有限的，各种卷倒逼着人体的潜能被过度使用和开发，所以身心健康问题频出；与此同时，为了应对各种卷，科技开始蓬勃发展，和市场双剑合璧，助推卷的运行；由于市场和科技的合力，人类的生产力突飞猛进，市场中的物品琳琅满目，甚至达到了只有你想不到的产品，没有市场提供不了的产品；产品供大于求，于是，消费主义开始大行其道，它主张人们通过购买和消费来满足个人欲望和追求幸福感。

曼昆的结论里提到，由于专业化和贸易，每个人不需要额外的投入，却使得经济中的总生产量增加。我们提到，因为市场的推动，人类的生产力突飞猛进，人类的私欲得到了最大化满足。人类的总生产量增加，人类的私欲得到了最大化满足，那么谁在为这个结果埋单？我们的生存环境！生存环境支撑着我们的生产、我们的作为、我们的私欲。但生存环境也有限度，总有一天它会撑不住。生存环境撑不住的那天也将是我们走到尽头的那天。因为支撑人类社会生存发展平衡的支柱是人性的需求和人类的生产之间的平衡，生存环境一旦破坏，这个平衡将被打破。

到这里，我们应该能明白中国人为什么常说俭以养德。人类克制私欲，克行节俭，就能最大限度减少对环境的损害，就能给我们的子孙后代提供生命的摇篮，这是最大的功德。如果做不到俭以养德，放纵私欲，大肆破坏环境，就是断了子孙后代的生路，那就是最大的败德。

万物演化机制和人类社会生存发展平衡图都在给我们这样的启示：经济过度繁荣不是好事，人类过度发展不是好事，人类过度文明不是好事。对此需要我们谨慎面对和认真思考。

内在工程篇　|

意识的修炼

我们前面说，从物理学中的电磁力、强力、弱力、万有引力，到化学中的各种化学键，到人类的意识，其本质都是物质的感应属性。万物的感应属性就是万物的意识，意识并不是人类独有的，万物皆有意识。人类的意识只是万物的感应属性在人体的体现，物质的感应属性就是人类意识的起源。我们还说，如果把身体比喻成一家企业，我们感知到的"我"可以理解成这家企业的 CEO。身体中的协作非常繁杂，作为身体 CEO 的"我"如果都要去管理，不现实，也无法实现。所以，身体中还有很多高管，很多员工，"我"并不是身体的全部。身体中的绝大多数感应和协作就交给了高管管理，交给了员工管理，"我"是感应不到的。感应不到也就意识不到。这也就是为什么没有经过刻意练习，我们对细胞活动和身体内部的很多活动没有意识的原因。

那接下来，我们看看如何修炼作为身体 CEO 的 "我" 的意识或者说感应能力。根据所感应对象的不同，意识可以分为很多种，比如自我意识、自由意识、安全意识、健康意识、全局意识、道德意识等等，这里我们重点讨论五种意识的修炼：身体意识、心理意识、大脑意识、规律意识、能量意识。

身体意识、心理意识、大脑意识是指我们对自己身体、心理和大脑运行状态的感应。我们对自己身体状态、心理状态、大脑状态感应得越细致、越精准，和自己身体、心理、大脑连接得越紧密，对自己身体、心理、大脑掌控得越自如，我们的身体意识、心理意识、大脑意识越强大。外在事物越多，专注力越分散，我们对自己身体、心理和大脑的感应、连接、掌控能力越弱。这就好比如果 CEO 每天忙着外面的应酬，根本无暇顾及企业内部的运行，会对企业内部员工的具体情况、企业内部的运行状态越来越不熟悉。如果 CEO 每天主动和员工沟通交流，仔细觉察企业运行状态，会对企业内部员工的具体情况、企业内部的运行状态越来越熟悉。

所谓规律意识是指对那些影响我们、左右我们、推动我们的规律或者说大道的感知能力。《何为生 何以生》整本书都是在探索这些规律和大道，都是想打开我们的规律意识，增强我们对那些时刻缠绕在我们身边，深入我们骨髓，我们看不见摸不着，但却被影响、被左右、被决定的大道的感应能力。

不管是身体意识、心理意识、大脑意识，还是规律意识，其实都是我们在某一个点上的感应能力。随着这种感应能力的提升，我们的意识能量也会不断提升，意识能量提升到一定程度，我们就能感应到、意识到别人感应意识不到的东西，感应到万物之间能量的运行。而提升自己在一个点上感应能力的法门就是：专注即能量。（能量意识和意识能量是两个完全不同的概念，能量意识是对万物之间能量的感应，意识能量是感应、影响、左右、掌控的能力。）

比如，当我们把专注力放在自己一个大脚拇指的时候，我们就是在提升自己对这个大脚拇指的感应能力。这种专注力投入的时间越长，我们对自己这个大脚拇指的感应能力越强。强到一定程度，我们就能自主地影响、左右、掌控它的运行。这就好比企业里有一个员工，以前老板根本不知道他的存在，他一直在自己直属上级的领导下默默工作，突然有一天因为一些原因，老板找到这个员工，持续跟他沟通交流，慢慢地老板参与到了这个员工的生命当中，可以体会到这个员工的喜怒哀乐，可以直接影响左右甚至决定这个员工的行为。

又比如，当我们把专注力放在自己一个情绪的时候，我们就是在提升自己对这个情绪的感应能力。随着专注力的持续注入，这个情绪想传递的信息就会被我们解读到。情绪的本质是身体、高管和CEO的协作信号，当情绪传递的信息被我们接收到、解读到，情绪自然就会消失。

专注即能量，把自己的专注力放在一个点上，就能提升自己对这个点的感应能力。持续地专注，就能持续的提升自己的意识能量。在这个修炼中，最有效的一个方法就是冥想。

冥想的基本方法很简单。找一个安静舒适的地方，盘坐保持身体放松；闭上眼睛，开始深呼吸，慢慢地吸气，然后缓慢地呼气，专注于呼吸的感觉；将注意力集中在呼吸上，观察每一次呼吸的进出，感受气息在身体中流动的感觉；当你的注意力开始游离或被其他思绪干扰时，不要强迫自己去控制它们，只是观察并让它们自然地离开，然后回到呼吸上；逐渐放松身体的每一个部分，从头部开始，一直到脚部；在冥想过程中，你可能会感受到各种感觉、情绪或思绪的涌现，不要抗拒或评判它们，只是观察并让它们自然地流过；继续保持专注和放松状态，持续一段时间，可以根据自己的时间和需求来决定冥想的时长。

很多人都知道冥想，有很多人都在练习冥想，也有很多人受益于冥想，但把冥想原理讲清楚的却很少。这里，我们试着探索一下冥想背后的原理。

首先，为什么要盘坐？盘坐是身体能保持长时间稳定不动的姿势，身体稳定不动才能支撑意识持续的专注。躺着也可以保持身体长时间稳定不动，但不建议冥想时采用这种姿势。因为躺下时，身体和大脑会自然地联想到休息和睡眠，这容易导致我们感到困倦和松懈，更容易入睡。躺着时，我们的身体处于一种放松的姿势，这可能导致我们的注意力更容易分散。躺着时，胸部和腹部的压力会增加，呼吸可能会变得更浅或受限，而深且自由的呼吸是冥想中的重要元素之一，有助于放松和集中注意力。在实际练习中，由于很多人身体功能受限，没办法轻松保持盘坐姿势，这种情况下要先恢复身体功能，为轻松持续的盘坐做准备。

冥想为什么特别强调呼吸功能？因为呼吸是我们能使用的调节交感神经和副交感神经平衡的最方便有效的工具。交感神经和副交感神经平衡，大脑才能处于稳定平静的状态。大脑稳定平静，我们才能持续地进入专注的状态，而专注是打开意识能量的关键。

其实，比冥想更方便的一个练习专注力的方法就是减少外界干扰，全神贯注地关注某一个活动或任务。

为了深入理解这是一个什么样的过程，我们先看看什么是"神"？什么是全神贯注？我们常常会听到这三个字：精、气、神。可是很多人对什么是精气神没有一个清晰的概念，特别对于"神"更是捉摸不透。我们可以简单把"精"理解成肉体，把"气"理解成推动肉体运行的能量，把"神"理解成由精和气运化而成的意识能量、感应能力、专注力。想想我们神散的时候最典型的特点是什么，我们目光涣散，无法聚焦，无法把注意力、专注力集中在一个点上。想要找到自己的"神"其实很简单，把意识、感应力、专注力主动放在一个点上，我们的"神"就出现了。

理解了什么是神，我们就好理解什么叫全神贯注。全神贯注就是把所有的意识、所有的感应、所有的专注力持续地主动地灌入一个点。全神贯注地去做一件事情有助于我们打开身心脑，协调需要的内在空间和内在通道，有助于我们提升自己的专注力。看手机、刷电视剧、玩游戏时，我们也经常表现得全神贯注，但那是被动的全神贯注。被动的全神贯注不仅不利于我们养神，不利于我们修炼全神贯注的能力，它还会极大地消耗我们的神，破坏我们全神贯注的能力。

意识能量看不见摸不着，但拥有它的人会发现它有非常强大的力量。正因为它看不见摸不着，而且非常强大，所以很多人都把它说得神乎其神。比如可以用意识控制红绿灯，用意识控制别人的生死，用意识控制这个世界的运转。

我们先不说控制外在事物的运转，我们单说控制我们身体中细胞的运转，我们需要怎样的修炼。首先，我们必须全身功能正常，能轻松持续地盘坐；其次，我们需要强大的呼吸功能，并会利用它保持交感神经和副交感神经的平衡；最后，我们能慢慢进入身体内部，一直感应自己身体的每个细胞，直到我们可以参与到它们的运行当中。这个过程需要长时间刻苦的刻意练习，需要导师的指引，需要自己的悟性，需要机缘的到来，难之又难。

量子纠缠是一种量子力学中的现象，简单来说它的现象就是只要两个量子系统曾经在一起，它们之间的状态会相互依存，即使它们之间的距离很远，它们的状态也会同时发生变化。很多科学家也做了很多实验证明了量子纠缠存在于我们的生活当中。所以很多人拿量子纠缠大做文章，说既然万物都是从奇点开始，大家都曾经在一起，万物之间都有量子纠缠，那我借助意识能量就能轻松对万物进行影响和左右。这个观点不仅忽视了量子纠缠主要发生在微观世间，更重要的是，它忽视了协作体的隔离性。

举个不太恰当的例子。我们每个人都有自己的父母，刚生下来，我们不会觉得我们是个独立的个体，我们会认为我们和这个世界是一体的，特别是和我们的父母是一体的。所以看见自己喜欢的东西，我们才理所当然地伸手就拿，离开自己的父母，我们才会难受得不能自已。求学后，哪怕身处地球的另一边，我们也会和父母同呼吸共命运。但，有一天，我们结婚了，组成新的家庭了，这个时候我们有了新的协作关系，我们对父母的感应能力就会慢慢变弱。为什么？因为协作体会隔离构成它的物质和其他物质的感应。

拿我们前面说到的 NaCl（盐）为例。当钠离子（Na^+）感应到氯离子（Cl^-），氯离子（Cl^-）感应到钠离子（Na^+），产生 NaCl 的那一刻，钠离子（Na⁺）感应阴离子的属性，氯离子（Cl⁻）感应阳离子的属性就消失了。组成一个新的协作体后，原物质的感应属性就会消失或者减弱。同时，协作体对外部物质对内部物质感应的隔离性显现。就如钠离子（Na⁺）和氯离子（Cl⁻）在组成 NaCl 后，其他离子就很难感应到钠离子（Na⁺）的阳离子属性和氯离子（Cl⁻）的阴离子属性。

组成新的协作体后，原物质的感应属性就会消失或者减弱，同时，协作体隔离了外部物质对内部物质的感应。这决定了，只要物质进入新的协作体，只要物质不断演化，物质的量子纠缠态就会消失或者减弱，不可能持续稳定存在。所以，那些借着量子纠缠理论，试图利用意识能量轻松控制万物的观点有点异想天开。还是上面的观点，意识有很强的能量，但它的获得需要长时间刻苦的刻意练习。

身体的修炼

斯瓦米·拉玛（Swami Rama）是 20 世纪影响最大的瑜伽大师之一。他不仅开创了瑜伽中的重要流派，其人生经历更是充满了传奇性。斯瓦米·拉玛大师曾经在喜马拉雅山区修行达四十余载，其间他跟随多位常年隐居的瑜伽大师生活和学习。在他的《呼吸的科学》这本书中，斯瓦米·拉玛分享了他对呼吸的科学和瑜伽哲学的理解。他详细介绍了呼吸的重要性以及如何通过呼吸练习来改善身心健康。斯瓦米·拉玛强调了呼吸作为连接身体和心灵的桥梁的重要性。

为了理解为什么呼吸是连接身体和心灵的桥梁，我们先看看什么是交感神经和副交感神经。交感神经和副交感神经是人体自主神经系统的两个主要分支，它们以自动、无意识的方式调节身体的各种功能，以维持身体内部环境的稳定性。

交感神经是自主神经系统的一部分，也被称为"应激"或"战斗—逃跑—冻结"反应系统。它主要负责在应激或紧急情况下，提高身体的警觉性和应对能力。交感神经的活动会导致心率加快、血压升高、呼吸加深加快、瞳孔扩大等生理反应，以便身体能够更好地应对紧急情况。

副交感神经则是自主神经系统的另一部分，也被称为"休息—消化—恢复"反应系统。它主要负责在身体处于安静、放松状态时，促进消化、吸收和修复功能的发挥。副交感神经的活动会导致心率减慢、血压降低、呼吸变浅、瞳孔收缩等生理反应，以便身体能够更好地进行休息和恢复。

交感神经和副交感神经通常是相互作用、相互平衡的。在正常情况下，它们会根据身体的需要进行调节，以保持身体的稳定和平衡。然而，当交感神经和副交感神经的平衡失调时，可能会导致一些健康问题，如焦虑、失眠、消化问题等。

交感神经和副交感神经都属于自主神经，在正常情况下，它们的活动不受意识的控制，都是在无意识的情况下自动完成的。呼吸是我们能使用的调节交感神经和副交感神经平衡的最方便且有效的工具。吸气时交感神经活跃，呼气时副交感神经活跃。通过调整呼吸，例如用力进行胸式呼吸（胸式呼吸是指主要通过肺部上半部分的运动来进行呼吸，而不是通过腹部的运动）有助于刺激交感神经的活动，腹式呼吸（腹式呼吸是通过膈肌的运动来进行呼吸，使得呼吸更深更平稳）更有助于刺激副交感神经的活动。瑜伽中的各种调息法就是在这个基础和原理上被创造出来的。

影响呼吸模式的因素有很多：情绪状态对呼吸有直接的影响，当人感到紧张、焦虑或愤怒时，呼吸往往会变得急促和浅表，相反，当人感到放松和平静时，呼吸会变得深沉和有节奏；不同的姿势和体位也会对呼吸产生影响，例如坐直或站立时，呼吸会更加顺畅和深沉，而躺下或弯腰时，呼吸可能会受到限制；身体活动水平也会影响呼吸模式，例如当人进行剧烈运动或体力劳动时，呼吸会加快以满足身体对氧气的需求，而在休息或睡眠时，呼吸则会变得更加缓慢和平稳；环境条件也可以影响呼吸模式，例如高海拔地区的稀薄空气会导致人们的呼吸加快和加深，以增加氧气的摄入量；某些健康问题也可能影响呼吸模式，例如呼吸道感染、哮喘、慢性阻塞性肺疾病等会导致呼吸困难或异常。

很多因素会影响我们的呼吸模式，反过来，不同的呼吸模式又会影响到我们的生理、心理，甚至是体态、面相、想法、观念、行为模式。

例如长期习惯性的腹式呼吸可以帮助放松身体、降低心率和血压，有助于减轻焦虑、压力和紧张感，提升身体的放松和平静感；可以加强腹部肌肉的运动，使得腹部更加紧实，同时也可以减少背部和肩膀的紧张感，这有助于改善姿势，使得身体更加挺拔；可以帮助放松面部肌肉，减少面部表情的紧张和压力，面容更加平和与愉悦；可以使人更加冷静、平和、有耐心。

而胸式呼吸主要通过上胸部和肋骨的运动来进行，所以长期习惯性的胸式呼吸使得上胸部和肩膀的肌肉更容易紧张和紧缩，可能导致肩膀前倾、背部圆肩等不良体态；可能导致膈肌的功能减弱，影响到呼吸的深度和效率，导致氧气摄入不足，增加肺部负担，并可能引发一些与呼吸相关的问题；可能导致面部肌肉的紧张和压力，使面容显得紧绷和疲惫；可能使人更加紧张、急躁和易怒，导致行为上的冲动和不稳定性。

　　我们不是说呼吸是影响身心脑的唯一因素，但通过仔细觉察我们的呼吸，我们会看到自己的情绪，自己的状态；通过专注自己的呼吸我们就能入定，进入冥想的境界；通过调整自己的呼吸功能和模式，我们就可以对自己的身心脑施加影响。所以，呼吸是影响身心脑非常重要的因素，是通向身体深处的一扇大门。

　　前面提到人性被挖得越深，满足得越深，经济越繁荣，我们就会离本我越远，那么"本我"在哪里？灵性修炼者常说，身体不是我，情绪不是我，念头也不是我，那"我"到底在哪里？我在一呼一吸间。一呼一吸间是生命本身，是与本我的连接，是活在当下，是生活的目的，是生命的意义。

　　平时专注一呼一吸，我们能最大限度和本我在一起，平衡神经系统、内分泌系统，避免能量过高过低、情绪过高过低对我们的影响。说话时专注一呼一吸，理性之光可以照耀我们，有助于我们三思而后行。遇到问题时专注一呼一吸，我们更容易看见事情的真相，做出理性的选择。长期专注一呼一吸，我们就可以慢慢和每个当下进行连接，激活生命的能量和智慧。

　　除了呼吸以外，我们的身体中还有非常多的秘密和宝

藏，比如气的运行，比如筋膜功能的恢复，比如身体的舞
动。想要拥有它们，我们需要走在内探和修炼的道路上，
不断与自己的身体进行连接和对话，不断地进行科学的
练习。

生命能量的修炼

　　什么是生命能量？心理学研究表明，生命能量是一个复杂的概念，它与人的身体健康、心理健康和社交关系等方面密切相关。生命能量和老天爷、上帝、灵魂等一样，我们看不见摸不着，但却可以感受到，它是一种无形的力量，能够推动人的生命发展和运作。

　　生命能量充足，我们会感受到生命的绽放。在心理上，生命能量高的人更加健康、快乐和幸福，更容易保持积极的心态和情感状态，能更好地应对生活中的挑战和压力。在身体上，生命能量高的人更加健康和强壮，更容易保持健康的生活习惯，能更好地抵抗疾病和保持良好的身体状态。在人际上，生命能量强的人更受欢迎和被他人喜爱，更容易与他人建立良好的关系，能更好地与他人沟通和合作。在自我意识上，生命能量高的人可以更好地了解自己的内心世界和需求，提高自我意识和自我理解，可以更好地了解自己的优势和不足，并制定更好的发展目标。

而如果一个人的生命能量较低，我们就会感受到生命的萎缩和压抑。在心理上，生命能量低的人可能会感到情绪低落、焦虑、沮丧等负面情绪，难以应对生活中的挑战和压力。在身体上，生命能量低的人可能会出现身体不适、易患疾病等问题，健康状态较差。在人际上，生命能量低的人可能会难以与他人建立良好的关系，缺乏社交技巧和沟通能力，难以融入社交场合。在自我意识上，生命能量低的人可能会对自己的内心世界和需求了解不足，缺乏自我意识和自我理解。

而导致生命能量差异，压制住一个人生命能量的，是我们生命里的卡点、痛点、弱点、无力点、动摇点。要想提升我们的生命能量，我们需要找到这些点，修补它们，生命能量才能一点点开始恢复。而要想找到这些点，我们就需要借助感性系统的快速感应能力、理性系统的逻辑思考能力和负面情绪的信号传递功能。

感性认知是指通过直觉、情感和经验等非理性方式来获取和处理信息的能力。它与理性认知相对，是一种更加基础和本能的认知方式。感性认知在人类日常生活中的作用非常重要。例如，当我们遇到一个令人感动的故事时，我们可能不需要进行详细的思考，就可以感受到其中的情感和意义。这种感性认知能够帮助我们更好地理解他人的情感和需求，也能够帮助我们更好地处理自己的情绪。然而，感性认知也存在一些局限性。由于它依赖于直觉和情感，所以它可能存在一定的偏见和主观性。此外，感性认知往往只能获取有限的信息，无法进行深入的思考和分析。因此，在需要更准确和可靠的认知时，感性认知可能并不适用。

理性认知是指通过思考、分析和推理等理性方式来获取和处理信息的能力。它与感性认知相对，是一种更加抽象和高级的认知方式。理性认知在人类日常生活中扮演着重要的角色。通过理性思考和分析，我们可以更好地理解事物的本质和规律，做出更明智的决策。例如，在处理复杂的问题时，理性认知能够帮助我们厘清思路，分析问题的各个因素，并制订出可行的解决方案。通过理性思考和分析，我们可以更好地认识自己的情感、想法和感受，并更好地理解自己的需求和目标。

这里我们推荐一个改良版的冰山模型作为生命能量的

探索工具。冰山模型分为五层，按照顺序一层一层探索，就能找到制约我们生命能量的点，从而有机会修复它们。

冰山第一层：事实（真相、行动）

冰山第二层：感受（真相、行动）

冰山第三层：想法（真相、行动）

冰山第四层：怕和要（真相、行动）

冰山第五层：爱和信（真相、行动）

接下来，让我们用一些具体的案例分析来展示一下如何利用感性系统的快速感应、理性系统的逻辑思考、负面情绪的信号传递和冰山模型发现卡点，提升我们的生命能量。

案例 1

午休前，儿子说想看 20 分钟手机，你同意了，但约定 20 分钟后他必须自己放下手机。他满口答应，甚至信誓旦旦向你保证。2 个小时后，你睡醒了，发现儿子还在看手机，你瞬间火冒三丈，愤怒至极。你指责他不遵守约定，你批评他没有自觉性，你甚至会觉得他这辈子没救了。

我们就来分析这个案例。有很多人会觉得这个案例有什么好分析的，儿子做错事情被父母指责批评不是很正常吗。被父母批评指责一下又不能怎么样，而且父母批评指责也是为了他好，有什么不对的。提升生命能量的第一步也是最重要的一步就是：我们要觉察到不对。没有觉察到不对，我们永远没有探索提升的机会。那怎么在惯性思维和行为中，在细枝末节的习以为常中发现不对？有情绪就有不对。我们前面说了，感性认知是指通过直觉、情感和经验等非理性方式来获取和处理信息的能力，它能以最快的速度发现问题，同时用情绪信号传递给我们。所以，有情绪就有不对。不仅如此，更准确的说法是：谁有情绪谁就不对，谁就有问题。

有人会反驳这个观点，说在电梯里，有人随口吐痰，我气愤，觉得他没有公德，也是我的问题了。是的，是你的问题。他吐痰，你提醒他就是了。你气愤，说明你的生命能量中有卡点需要被看见、被修补。这个观点很反常理，很多人很难接受，不急，我们慢慢来。

当情绪出现，我们觉察到不对有问题后，我们生命能量的探索之旅才真正开始。这个时候我们可以按照冰山模型的指引一步一步慢慢寻找问题出在哪里。

第一步，看事实。刚开始事实是很难被看见的，为什么？因为我们的大脑会有评判，会有妄念，会有想象。公众号"李雪爱与自由"主笔李雪老师曾在一篇文章中举例：一家三口在餐馆里吃饭，老婆在喂孩子吃饭，老婆自己还没有吃饱，老公已经把老婆喜欢的菜吃光了。这个时候目标是什么：是要吃饱饭。最短路径是什么？拿起菜单，点自己爱吃的菜。然而，这个过程中，那些熟悉的剧情会拉走自己，比如充满怨恨的受害者剧情。剧情上头时，菜也不点了，宁可饿着也要跟老公撕扯一番"你根本不在意我，我辛辛苦苦带孩子……"的剧情。

拿案例 1 来说，事实是什么？刚开始肯定有人说，事实是约定好的事情孩子没有遵守，或者说在看手机这件事情上，孩子是没有自制力的。这些都不是事实，事实里没有评判，没有妄念，没有想象。案例 1 的事实是约定看手机 20 分钟，最后看了 2 个小时。我们在看事实的时候一定要注意，事实只描述客观发生的事情。事实很小的，加了评判、妄念和想象后的事实会被我们放大。我们要在看起来大大的事件里，找到那个简单客观清晰的小小的事实。

说到事实，我们还要说一件事情。中国传统教育文化中有一个非常重要的理念，那就是管教和立规矩。我们认为，父母或其他照顾者可以通过制定规则和期望，对子女进行约束和指导，这种管教有助于培养孩子的自律和责任感，并帮助他们成长为独立自主和有品德的人。但现代教育文化中却有一个重要的理念，那就是爱和自由。他们强调建立积极、温暖和支持性的教育环境，强调给予孩子更多的自主权利和选择权。在这种教育理念下，教育者只需要扮演着引导者和支持者的角色，为孩子提供适当的指导和支持，同时尊重他们的个性和需求。这是两种完全不同的教育理念和教育关系，很多父母都会在这两种理念中陷入矛盾和纠结。而陈述事实却给这两种理念搭建了融合的桥梁。

　　李雪老师说了这样一个场景：去电影院看电影，可以告诉子女事实，电影院是一个大家聚在一起看电影的地方，为了不影响别人，我们在里面都不能说话，如果要说可以出来说，或者趴在耳朵边说。这样陈述事实既做到了爱与自由，也起到了管教和立规矩的效果，而且也保护了孩子对这个世界的看法是平和、包容、没有评判的。如果不是说事实，而是说对错，我们很可能会说：小孩在电影院里说话是不对的，在电影院说话是错误的行为，是没有道德的行为，是没有管教的表现。这种教育可能导致的一个结果就是，孩子对这个世界的看法是评判的、是激烈的、是狭隘的。如果另一个孩子在电影院里乱喊乱叫，用对错教育的孩子马上就会评判，这个孩子怎么这么糟糕，马上会引起情绪反应，对乱喊乱叫的孩子充满敌意和不满。而用事实教育的孩子，因为事先没有对这件事情的对错预设，所以，他不会有太多评判，太多情绪反应，也不会有太多敌意和不满，他可能更多的是告知自己和别人这件事情应该怎么做。

简单的对错灌输是一种简单有效、但粗暴粗糙的思想行为引导方法，也是一种粗暴粗糙的认识世界的方法。事实是最有力量的，阐述事实会让我们有更平和的心态、更宽广的视野和胸怀。想要看清事实，需要我们静下心来，耐心地和当下的事物连接。

第二步，找感受。和事实一样，刚开始我们很难准确找到自己的感受。为什么？因为我们长期习惯向外看，而找到感受却需要我们静下心来往内看。要想准确找到自己的感受，重点是在自己有负面情绪的时候，不要逃，要持续投入专注力到自己的负面情绪上，全身心地感受那个极其不舒服的感觉。那个感觉像什么？你身处大火之中，全身被针扎，感觉呼吸困难快要窒息。就是在这个时刻，我们要和自己的情绪待在一起，任由那个极其不舒服的感受穿透自己的身体。当负面情绪被接纳、被允许以后，慢慢地，我们好像就能开始呼吸了。这个时候，负面情绪背后的真相会慢慢呈现出来。你可能在案例 1 中看到的真相是，真正让你生气的是你觉得孩子没有尊重你，没有把你们的约定当一回事，或者更深一层的，你觉得自己很无能，连孩子看手机这件事情都约束不了。一个事件中，不同的人会看到不同的真相。只要在负面情绪来临的时候，我们不逃，持续投入专注力到自己的负面情绪上，那么，属于我们的真相和卡点会一层一层被拨开被找到。

当感受被接纳被看见后，我们进入第三步，看想法。在这一步，最容易犯的错误就是边界不清。我们经常会说这世上只有三件事，自己的事，别人的事，老天爷的事，我们能管的只有自己的事。我们都知道这个道理，但真正能做到这点的人，特别是对于中国人来说，能做到这点的人，非常非常的少。为什么特别要强调中国人？因为边界清晰意味着分割，而中国人是靠血缘维系的社会，血缘是很难分割的。

这个要从东西方文化开始说起。人是群体性生物，在西方，把个体组成群体的方法是价值交换，是市场。个体通过市场提供自己的技能或资源来获取他人的认可或经济上的回报，从而形成社会群体。而在中国，把个体组成群体的纽带却是血缘。血缘关系把个体紧密地联系在一起，使个体能够通过亲属之间的联系来获取支持、援助和保护。所以，从古到今，我们很少讲价值，我们更多关注的是关系。在西方的市场里，人是一个个分割的，只要你能提供价值给市场，你就能借助市场生活得很好。所以，做分割，划清人和人之间的边界比较容易。但在中国，所有人是拿血缘捆绑在一起的。在家里，父子用血缘捆绑；在国家，君臣用类血缘捆绑。所以，在中国人的骨子里，大家是不分彼此的，都是一家人。在我们的文化中，我们觉得父母干涉子女天经地义，君主干涉臣子也天经地义。我们不说这种文化好与不好，我们只说我们的文化是这样的，在这种文化背景下，做分割划清边界是非常难的。

虽然我们非常不习惯做分割划边界，但要想找到生命卡点，提升生命能量，在想法层面，我们却一定要这么做。还是案例1，如果不划清边界，我们的想法很可能是，孩子就应该遵守约定，定了看手机20分钟，20分钟后就应该自己关了手机。你不是孩子，你凭什么认为孩子应该怎么做。当我们觉得什么事情应该怎么样的时候，我们其实已经越界了。这世上没有什么事情是应该的。如果我们能划清边界，我们就不会纠缠自己的孩子，觉得他应该怎么样。我们会通过这件事情发现自己孩子的自制力还不够，我们可以探索一下孩子为什么沉迷于手机，或者下次可以给自己定个 20 分钟的闹铃，时间到了自己起来收手机等。能划清边界，我们就会清楚地知道什么事情是我要做，我能做的，而什么事情是我要放手的。而我们的智慧和经验也是在一次次探索应对之策的过程中得到滋长的。

很多人经过引导都可以看清事情的真相，都可以找到自己的感受，也都能看清自己的想法，但极少数的人可以跨过"应该"这扇门，"应该"是我们很多痛苦和执念的根源，生命能量提升很难的一门功课就是去掉应该。

冰山模型的第四步，我们要探索一下我们内心的怕和要。事实上，我们绝大多数的负面能量都是从这里产生出来的。继续分析案例 1，仔细体会我们在看到孩子没有遵守约定，玩了两个小时手机后内心的感受。我们是不是怕孩子沉迷手机丧失自我，我们是不是要孩子听话、懂事、乖巧、省心。因为我们内心有怕和要，有应该，所以外面的世界一旦和我们的想法不一致，我们就会烦躁、失望、失控、崩溃。内心的怕和要越多，我们给别人给老天爷的空间就越少，我们的不满意、埋怨、愤怒就越多。

　　比如，我觉得我老公应该是一个既温柔又有力量的男人，我要他在我和别人发生矛盾的时候，像个霸道总裁一样，坚定地维护我，我要他在我生病难受的时候，温柔温暖地照顾我。我觉得老公就应该是这样的存在，也必须是这样的存在。这份觉得，这份应该，在一定程度上成了我的一个执念。执念越重，老公可以自由活动的空间越小，他不能在我生病难受的时候有任何怠慢，他必须在我脆弱无力的时候坚强坚定地给我支撑，做不到这些，我就会失望、委屈、不满意、埋怨、愤怒。时间久了，我们都会被执念折磨得疲惫不堪，矛盾也就开始滋长。所以，佛家才经常讲，放下执念，放下执念……

　　怕和要的内在驱动力是生物的趋利避害性。怕是为了让我们避开危险，要是为了让我们追求有利于生存的资源。所以，怕和要本身没有任何问题，不仅没有问题，它们还是保护我们生存的最基本的求存之道。怕和要的问题出在执念。什么叫执念？就是你头脑里有个不变的念头，这个不变的念头阻碍了你和这个世界的连接。比如，我认为老公就应该怎么样？我认为孩子就应该怎么样？我认为我就应该怎么样？认为什么是对的？什么是错的？什么是危险的？什么是有利的？执念也是人类演化的简单有效、粗暴粗糙的处理系统。

有了执念，我们可以不用过多思考、过多感受、过多处理就可以给思想和行为快速找到方向。执念是万物以最低能量寻求协作体的暂时稳定态的产物，为了克服它的副作用，我们最终要做的是"无我"和"跟随"，也就是放下自己头脑中的固有认识、剧情，放下自己的评判和妄念，让自己变成中通的管道，敞开心怀去看见，感受当下那个人，感受当下的自己，感受当下命运的安排。

我们前面提到老天爷和上帝是在失控和不确定性的环境中由大脑创造出来的。虽然老天爷和上帝是被我们创造出来的，但它们却有非常强大的力量。它们在我们混乱无助脆弱的时候，给了我们精神安慰和精神支撑，帮我们一次次地渡过了难关。接下来，我们说说如何利用老天爷和上帝的力量？凡事静下来，退一步，腾出空间，允许混乱，允许无助，在混乱无助时仔细倾听内心的声音，仔细看见命运的安排，积极地接受一切安排，相信这是最好的安排。给老天爷和上帝留的空间越大，越允许，越接受，越能借助到老天爷的力量。

比如，现在的工作实在不喜欢，但迫于生活压力，不愿放弃，陷入纠结痛苦。又比如，现在的婚姻状态非常糟糕，想结束这段关系，但又害怕伤到孩子，进退两难，陷入纠结痛苦。这个时候，静下来，仔细倾听内心的声音，你会发现你内心有一个跷跷板，跷跷板的一头是结束现在的工作和现在的婚姻，跷跷板的另一头是继续现在的工作和现在的婚姻。跷跷板一会儿这头高一会儿那头高，你被折磨得撕扯得痛苦不堪。这个时候，你再静一点，往自己的内心深处再走一点，你就会发现，内心又会有一个声音，它渴望你往跷跷板的一头加码。如果内心的声音是渴望你往新的工作、新的婚姻加码，那么你就要开始谋划将来，为离开做准备。如果内心的声音是渴望维持现在的工作、现在的婚姻，那么你就要仔细研究当下的问题，找到解决之道。在这个过程中，我们的身心一定会疲惫、撕扯和纠结，允许它们存在，全身心地感受那些负面能量穿透我们的身体。按照心给的方向不断前行，突然会有一瞬间，我们心里的跷跷板就会稳定的偏向一方，那就是命运给我们的安排，也是老天爷和上帝给我们指的出路。一切的答案一切的安排都在我们身体里，我们要做的只是找到它，接受它的指引。

冰山模型的第五层是爱和信。爱和信是不用修、不用探的。只要我们能紧盯事实，接纳并直面自己的感受，划清边界调整自己的想法，跨过内心深处的怕和要，爱和信的力量自然会被激活，会自然地绽放出来。等我们内心最深层爱和信的力量被点燃，我们生命的能量也就会慢慢提升。

在探索冰山的任何一层时，我们都有可能触碰到真相，当真相被看见后，我们该如何行动会自然而然地呈现出来。这个时候我们唯一需要的就是执行力、行动力。没有执行力和行动力，我们前面所做的所有努力都是白费。比如，案例1中，通过探索，我们最终要做出改变的是探索一下孩子为什么沉迷于手机，或者下次可以给自己定个20分钟的闹铃，时间到了自己起来收手机。可是下次同样的事情发生，我们就是不探索，就是自己不负全责，还是要通过解决外在问题平息矛盾，还是把气最终撒到孩子身上。如果是这样，冰山模型不会发挥任何作用。冰山模型作用和效果的发挥，最终是要通过我们自己思想和行为的改变实现的。

冰山模型不仅可以用于探索自己生命的卡点，提升自己的生命能量，它同时可以作为我们沟通交流表达的工具。和孩子、配偶、同事、朋友、领导发生矛盾，简单客观地陈述事实，清晰准确地表达自己的感受，界限清楚地提出自己的想法，能够达到非常棒的沟通交流效果。

冰山模型看起来很简单，但做起来非常非常的难。第一，你必须能觉察到不对。一般而言，人如果不是走投无路，不是被扒了几层皮，是不会反思觉察的。很多"问题"孩子的父母都有过这样的经历，如果不是孩子叛逆得受不了，不是孩子问题多得接不住，他们很难反思自己的教育问题。他们会一直停留在"孩子做错事情被父母指责批评不是很正常吗？被父母批评指责一下又不能怎么样？而且父母批评指责也是为了他好，有什么不对的？"这样的观念和想法里。

我们在前面提到万物都以最低能量寻求协作体的暂时稳定态，而沿着惯性思维和行为运行，不断通过解决外部问题寻求稳定，比改变自己，通过解决内部问题寻求出路需要的能量要低很多。这也是为什么我们很难去觉察，很难去自我改变的根本原因。所以，很多修行者才会说，我们要感谢生命中遇到的挫折和苦难，因为如果不是它们，我们此生很难有机会打破惯性，做出改变，看见新世界。

冰山模型很难做到的第二个原因是，在生命能量的探索过程中，我们不仅要接纳拥抱负面情绪，我们还要让负面情绪引领我们找到生命的卡点。想象一下，如果你被人穿小鞋，被人背叛，被人欺负，那是怎样的愤怒。而生命能量的探索却需要你和自己的愤怒待在一起，持续地投入专注力到自己的愤怒中去，那个过程非常煎熬、非常痛苦。可是，不能置之死地，我们很难重生。

冰山模型很难做到的第三个原因是，在生命能量的探索过程中，我们不仅要用心去感受，我们还要用脑去思考。真正的事实是什么，要思考；感受背后的真相是什么，要思考；如何划清边界，找到什么是我应该负责的，要思考；基于事实和真相，当下我应该做什么，要思考。生命能量的探索过程也是一个深度思考的过程。

利用冰山模型，探索生命卡点，提升生命能量的过程，是一个痛苦煎熬的过程，是一个我们用心用脑的过程，是一个破案的过程，是一个我们要鼓起勇气勇敢面对的过程。所以，成长真的非常不容易。但是，生命能量提升是我们人生之路的基础，是我们让自己的思想和行为在众生平等上运行的基础。而且，如果你经历过一次生命能量提升的过程，感受过成长的快乐，你就会觉得这一切都很值得。

接下来，我们再举两个例子，看看冰山模型在生活中如何应用。

案例 2

你正在拿手机学习，孩子突然跑过来，说要用手机听故事，你给他说你要用手机学习，一会儿再给你，他不行，要马上用手机听故事，你感觉孩子不懂事，给他讲了半天的道理，可是他完全听不进去，哭闹起来，你拗不过他，最后把手机给了他，但心里非常的不舒服。

事实：我正在用手机，孩子也要用手机，我不愿意给，但最终还是给了。

感受：纠结、气愤、害怕。

想法：我不想给他手机。

怕和要：怕儿子用手机上瘾，怕不给儿子手机伤了儿子的感情，要孩子懂事。

背后的真相是什么？孩子真的会玩手机上瘾吗？不给孩子手机孩子真的就不爱你了吗？孩子真的不懂事吗？真相很可能是：你觉得自己不重要，你这会看手机学习不重要，最起码没有孩子的感受和需求重要。因为你觉得自己不重要，所以你没有建立坚守自己的边界和原则。

看见真相后，很多时候你需要采取的行动自己就会浮出水面，你可能会选择告诉孩子，你这会要用手机，大概要用长时间，时间到了再把手机给他，然后他会有情绪，你允许他有情绪，但却不对他的情绪负责。

案例3

生活中发生了一件事情，你用冰山模型做了深入的探索和分析，最终看见了真相，获得了成长，你跟好友分享自己的喜悦，被她无视，还说你每天工作很闲，可以纠缠这种小事。

事实：你的分享，被无视。

感受：很受伤，觉得自己不好很矫情。

想法：她应该看见我的努力，看见我的情绪，给我我想要的认可和力量。

怕和要：怕被无视，要看见、要认可、要力量。

真相是什么？你在成长过程中缺失了被看见、被认可和力量，所以你从别人那里要，但别人没办法跟你感同身受，给不了你想要的看见、认可和力量。于是，我们唯一能做的就是：自己给自己。

很多修行的人都提到一个提升生命能量非常重要的法门：只要我们不去攻击自己，只要我们学会对自己负全责，我们就能最大限度地激活自己的生命能量。比如，我是一个敏感的人，我不去攻击自己的敏感，不给自己说"你怎么能这么敏感"这样的话。反而接纳自己的敏感，感谢自己的敏感让自己看见了别人看不见的东西，感受到了别人感受不到的感觉。如果自己的敏感给自己带来了很多苦恼，那我自己想办法处理好它们。

一般而言，自己对自己的攻击是由别人对自己的攻击转化而来的。比如父母一直攻击我们不懂事，我们可能慢慢就会觉得自己不懂事。比如父母老师或者领导一直告诉我们不行、不对、不好，我们可能慢慢就会认为自己不好、不对、不行。

如何打破外在能量在我们身上形成的禁锢，让我们不去攻击自己，让我们对自己负全责，让我们的生命能量慢慢苏醒绽放？我们还是要借由发生在我们身上的不幸、问题和矛盾，借由那些突然爆发的情绪，按照冰山模型，一次一次、一层一层地探索，找到卡点，修补它们。

我们修行的目的不是为了消除情绪。生而为人不可能没有情绪，而且情绪本身只是信号，而且是保护我们的信号，我们不能也没必要消除它们。修行的目的是在情绪席卷全身，我们极度不舒服的时候，理性之光能多照耀我们一点，让我们能在黑暗痛苦中觉察到情绪，解读到情绪，很快从情绪中找到问题，然后带着成长的喜悦从情绪中走出来。

现在很多人讲情绪价值，而看见、允许、认可、低谷时的陪伴是我们能提供给自己和别人最大的情绪价值。每个人都有能量被压住的时候，那个时候几乎所有人都会攻击我们，包括我们自己。善待能量被压住的人，善待能量被压住的自己，抱抱他们，陪着他们，鼓励他们，这是这世间最大的慈悲。每个人都有能量高涨的时候，那个时候几乎所有人都会追捧我们，包括我们自己。警惕那些追捧我们的人，警惕追捧我们的自己，能量高涨时我们离本心太远，很容易摔大跟头。

说到提升生命能量，家庭是提升生命能量最好的修炼场。一般情况下，家庭和人生一样，我们都是第一次经历，没有经验。我们要边前行边学习、边总结边成长，而且我们只有一次实践机会，做好了就做好了，做不好就做不好。当然，家庭比人生好点，我们可能还可以重新选择、重新出发，重新实践。但那毕竟要花费太多的时间和精力，非常折腾人。所以，为什么结婚、生子、立业是人生大事？因为沉没成本太大，所以要谨慎选择。因为我们是第一次走进家庭，经营家庭，没有经验，所以，我们面临的问题和矛盾非常多。但正因为我们面临的问题多矛盾多，我们修炼成长的机会才更多。

家庭是提升生命能量最好修炼场的第二个原因是，家里的成员都是我们这生最在意的人，都是离我们的心最近的人，都是最能触动我们心的人。别人不在意我们，不认可我们，我们可能根本不在乎，可是家人的否定和忽视却能扎得我们心疼。在外面，我们可以借用自己的身份、自己的价值、自己的地位和别人完成协作。可是在家里，身份、价值、地位这些外在协作工具都会失效，你只能是一个生命和另一个生命的对话和交涉。比如，在单位，我们是职员，领导让我们做事，我们会想，我们就是一个职员，领导让我做事天经地义，我们不会对抗。可是回到家，老公或者老婆让我们做事，我们却会想，你凭什么对我呼来喝去，我们的心会对抗对方的安排。家人最能触碰我们的心，在家里我们没有任何掩护，我们只能是心和心的交涉，这意味着在家里我们最接近真实的自己。而越接近真实的自己，我们越容易触碰到自己的本我。

家庭是提升生命能量最好修炼场的第三个原因是，因为心理距离和空间距离最近，所以家里的利益冲突最多。

你挤牙膏的方式会影响另一个人对牙膏的使用，你摆放物品的习惯会影响另一个人对物品的使用，你声音的大小、睡觉的姿势、走路的快慢都会影响另一个人的生活。距离越近，利益冲突就越多。利益冲突多，问题就会多，矛盾就会多。还是那句话，面临的问题矛盾越多，我们实现成长的机会越多。

　　家庭是提升生命能量最好修炼场的第四个原因是，这里是我们斩断家族轮回很好的机会。家族轮回是指家族成员无意识状态下，前代发生的事会在后代身上再次出现，而该后代成员根本意识不到自己身上发生的事与前代发生的事有关联。我们也常听到这么一句话，不管你喜欢还是不喜欢，你最终会活成你父母的样子。举个例子，有个父亲一直在用打骂的方式教育自己的孩子，这个孩子在成长过程中痛苦不堪，可是长大后，如果他没有试图提升自己的生命能量，那他大概率也会用打骂的方式对待自己的子女。为什么？因为人类最本能的学习方式就是模仿。因为这是他最熟悉的方式。固有的观念理念、思维行为方式一旦传导下来，家族的轮回也就开始运转。而这种轮回，只有在这个孩子努力探索父亲的思维行为方式、努力探索父亲打骂自己背后的事实和真相、努力挣脱父亲的模式对自己的影响、努力寻找新的方法新的出路后，才能斩断。而没有家庭这个修炼场，这种轮回很难被看见，也很难被斩断。

虽然说家庭是生命能量最好的修炼场，但没有人喜欢这种修炼，我们每个人进入家庭期盼的都是幸福的生活而不是痛苦的修炼。那我们如何做才能保证自己进入的是幸福的家庭而不是痛苦的修炼场呢？

如果我们此生足够幸运，遇见了一对有爱有智慧的父母，他们用爱和信浇灌我们的生命，他们教我们做人做事，但却从未限制从未干扰我们生命的绽放。在这样家庭土壤中长出来的生命大概率生命能量比较充足，组建的家庭一般也会比较幸福。但我们前面说了，我们都是第一次过人生，第一次组建家庭，第一次做父母，所以，一般情况下，在原生家庭就成长得很好的生命非常少，大家的区别就是伤多伤少的问题。

如果原生家庭没有给我们足够的生命能量，但我们还想拥有一个幸福的家庭，我们还有第二次机会，那就是早学习早谋划早安排。非常推荐大家看《知否，知否》这部电视剧，里面告诉我们应该把成家和经营家这件事情放到何等重要的位置进行思考进行谋划，我们应该从哪些角度、

哪些方面进行思考进行选择进行安排。不幸的是，我们绝
大多数人不会有这样未雨绸缪的意识和能力，我们也不会
遇到像盛老太太那样的军师和指挥长。即便遇到了，在我
们自己碰得头破血流之前，我们是听不进去他们说的话的。
即便听了，在我们亲身体验之前，他们的话我们的理解是
不深刻的。所以，大概率我们绝大多数人是要在家庭中进
入修炼场的。

关于如何快速完成修炼，最终拥有幸福的家庭，市面
上书籍非常多、方法也非常多。但万变不离其宗，最终要
解决的根本问题只有一个，那就是，切断自己的怕和要，
自己对自己负责。

举例来说，有一些孩子在生活中表现得以自我为中心，
自私自利，凡事只考虑自己，不关心别人。我们仔细观察
这些孩子的成长过程，会发现他们背后都有一个没有边界
感、溺爱孩子的家长或者抚养人。而去探索这个家长或者
抚养人的内心世界，我们会发现他们都有很多的怕和要。
因为自己小时候物资匮乏所以怕孩子再吃物资匮乏的苦，
孩子的一切物资需求都尽量满足。因为自己小时候被父母
责备所以怕孩子再吃心里的苦，对孩子不敢说不敢管。家
长或者抚养人毫无原则溺爱孩子的根本原因是，他们在通

过这个孩子护着小时候的那个自己。

面对这种问题，根治的办法是切断自己的怕和要，自己对自己负全责。直面小时候物资匮乏给自己带来的那个黑洞，把物质的弥补给自己而不是给孩子。直面小时候被父母责备带来的那个创伤，把最温柔的安慰给自己而不是给孩子。随着自己慢慢被疗愈，自己的怕和要越来越少，我们自然而然就敢慢慢建立自己的边界和原则了。等自己的边界和原则慢慢建立，孩子以自我为中心，自私自利的现象就会慢慢得到改善。我们的怕和要是因，孩子的表现是果。因变了，果自己慢慢就会发生改变。如果我们不改因，只一味地从外在解决问题，给孩子讲道理，道德批判，身体惩罚，问题只会越来越严重。

再举个例子，有一些孩子或者大人在家庭中表现得非常叛逆，别人说什么他都听，但我们说什么他都不听，我们让他做什么他偏不做什么。仔细观察这个家庭会发现，它里面一般有一个掌控欲极强的人。他的掌控方式可能是吼叫，可能是唠叨。不管是何种方式，他本质都是想要掌控别人。分析这些掌控欲很强的人，我们会发现他本质上是想通过掌控别人体现自己的价值感。他想做一个好人，一个有价值的人。只有把孩子养育好，把伴侣照顾好，把家经营好，他们才感觉自己是一个好人，一个有价值的人。为了这个好，为了自己的价值感，他抓住孩子、伴侣、家庭不放手。他们吼叫、唠叨、掌控，因为只有其他人好了，他才能好，才能有价值。

面对这种问题，如果想要孩子或者伴侣不叛逆，根治的办法也只能是切断自己的怕和要，自己对自己负全责。直面自己的低价值感，找到自己低价值感的原因，去疗愈，去修炼。自己的价值感越高，越不会抓着周围的人不放。自己越放手，周围的人越不会对抗和叛逆。还是那个观点：我们的怕和要是因是根，孩子的叛逆是果，因变了，果自己就慢慢变了。

有这么一个观点，说老天爷会一次次拿我们最在意的东西提醒我们，我们的生命能量不足，有功课要做。首先提醒我们的就是我们的关系。我们的生命能量不足，我们的关系会出问题，特别是亲密关系会出问题。如果我们不在意亲密关系，或者我们逃避亲密关系，那我们的孩子会用他的问题提醒我们，我们的生命能量不足，有功课要做。如果我们还是不直面，或者把问题强压下去，那我们的身体会用它的问题提醒我们，我们的生命能量不足，有功课要做。如果我们的身体用自己的疼痛都无法撬开我们，那真的很遗憾，我们此生与新世界无缘了。

除了家庭，对生命能量影响最大的就是我们的关系。

阿德勒心理学是由奥地利心理学家阿尔弗雷德·阿德勒所创建的一种心理学流派。其中，阿德勒提出了共同体感觉这一重要概念。阿德勒所谓的共同体感觉是，把他人看作伙伴并能够从中感到"自己有位置"的状态，就叫共同体感觉。阿德勒认为他自己所叙述的共同体不仅仅包括家庭、学校、单位、地域社会，还包括国家或人类等一切存在。在时间轴上还包括从过去到未来，甚至也包括动植物或非生物。也就是主张共同体并不是我们普遍印象中的"共同体"概念所指的既有范围，而是包括了从过去到未来，甚至包括宇宙整体在内的"一切"。阿德勒还表示，人类一切烦恼的根源都来自人际关系，人际关系也是人们的幸福之源。

美国心理学家亚伯拉罕·马斯洛（Maslow.A.H.）从人类动机的角度提出我们非常熟悉的需求层次理论，他把人的需求分成生理需求、安全需求、归属与爱、尊重需求和自我实现五个层次。其中归属和爱的需求是指人要求与他人建立情感联系，以及隶属于某一群体并在群体中享有地位的需要。爱和归属的需要包括给他人的爱和接受他人的爱。

阿德勒的共同体和马斯洛的归属感说的其实是一样东西：人是群体性动物，所以不管是内在情感上，还是外在协作上，人天生追求有爱有温度的关系。人只有在有爱有温度的关系中才能感觉安全、感觉幸福、感觉力量、感觉意义。脱离有爱有温度的关系不管是从心理上还是从外在协作能力上，都会像植物没了养分，失去生机，慢慢枯萎。

这是米奇·阿尔伯姆在《你在天堂里遇见的五个人》一书中讲的故事。

爱迪一辈子很郁闷，觉得自己人生没有什么意义和价值。他参军前是一个游乐场的社会维护工。参军后在菲律宾战役中做了俘虏。在他的指挥官上尉的策划下，他打死了四个狱卒，放火烧了在丛林中囚禁他们的窝棚，准备逃生。

不知是不是错觉，爱迪看到一个类似小孩身段的火球在大火中挣扎，他不顾一切要冲进去救人。上尉阻止未果，一枪把他的腿给打残了。连拖带拉，揪着他一起逃命。退伍后，因为腿残疾，也不好找别的活，只好做回他并不乐意的维护工，一干就是一辈子。

令艾迪感到人生痛苦的，还有他唯一爱过的女人，他的妻子 47 岁，因病去世了。艾迪一个人孤老而终。据说人真正要升到天堂，必须在死后，先见五个人，他将从中感悟到人生的意义。艾迪最后见到了这两个人，一个是他的妻子，妻子非常怀念艾迪，她在天堂门前足足等了几十年，才等到艾迪到来，他们在天堂的重逢，令艾迪领悟到自己对另一个人的意义，这足以体现他来人世一趟的价值。艾迪最后见到的另一个人，是那个被烧死的女孩，菲律宾窝棚中看到的，还真不是错觉。被烧死的女孩告诉阿迪，他一辈子作为游乐场的维护工，保障了千千万万个小孩的生命安全，他虽然在大火中没救下自己，但因为他一生的价值和他为人牺牲的壮举，他的灵魂得到了救赎。随后他用手帮女孩擦掉身上的焦土，携手一起上了天堂。

爱迪和他心爱的妻子是一个共同体，建立了一种有爱有温度的关系。爱迪和来游乐场玩的孩子们，也是一个共同体，也建立了一种有爱有温度的关系。在共同体中，在关系中，我们能感受到自己有用、有价值、有伙伴，这就是共同体感觉，这就是归属感和爱！

当这种共同体感觉，这种有爱有温度的关系，这种归属和爱逐渐往外延伸，从家庭、学校、单位、地域社会、国家、人类，最后延伸到宇宙。我们越相信自己就是这个共同体中的一员，越是为了建立的关系不断奉献，我们获得的安全感、幸福感、力量感、意义感就越大。当这种安全感、幸福感、力量感、意义感大到一定程度，突然有一瞬间会发现，我们不再需要做任何的努力证明自己的价值，我们存在本身就是最大的价值。这也是很多心理治疗常用的方法。

关系不仅是生命最好的滋养品，它还是我们生活最大的支撑力。想要在生活中舒服自在，想要取得大的成就，单靠我们一个人的力量一定是不行的，我们一定要学会借力，借别人的力，借关系网的力。我们这里说的关系网不是那种掌握权力掌握资源的关系网，我们所说的关系网是能给我们生活各个方面提供强大支撑和方便的关系网。

当妈妈的人都知道，孩子小的时候很容易生病。今天感冒，明天发烧，后天拉肚子，我们成天被整得焦头烂额。可是时间久了，我们会发现，妈妈对孩子的病，甚至是自己和周围人的小病都有一套自己的方法。所以，有些聪明的妈妈就会借这个力，在自己的孩子生病的时候，先请教几个有经验的妈妈，综合他们的建议往往能达到很好的效果。当然，如果想要在孩子生病问题上更从容淡定、更妥当的办法是建立自己在这个问题上的关系网。厉害的理疗师、经验丰富的调理师、有经验的妈妈、对孩子情况熟知的诊所大夫、朋友推荐的专业医生，甚至是正骨师、运动康复教练，都是我们要建立和维护的关系网。有了这个关系网，出了任何问题我们都能以最快的时间找到最合适的人，高效地解决遇到的问题。

我们每个人在生活中都会遇到一些心理困扰，比如夫妻关系带来的心理困扰，亲子关系带来的心理困扰，同事关系带来的心理困扰，事业不顺带来的心理困扰，身体健康带来的心理困扰。这些心理困扰轻则让我们心情一时不爽，重则形成焦虑症、抑郁症或者其他心理疾病。如果想要在生活中一直保持一个不错的心理状态，我们也可以建立自己心理健康的关系网。几个知心人可以很快地帮我们做到情绪释放和垃圾清理，几个同学同修可以随时陪我们进行深度的心理探索和问题分析，几个专业的心理辅导老师和修行师可以给我们更好的方法方案和修行建议。有了知心人、同学同修、指导老师这样的关系网，在遇到心理问题时，我们能很快地完成释放、清理、探索、分析、提升，这样不仅心理问题不会堆积形成大的心理疾病，而且心理问题还会成为我们修行的最好台阶。

我们正处在一个高度协作的社会体系中，互联网的发展推动和加强了我们每个个体之间的联系。在这个协作体中，会有各种各样的资源，我们要学会借助这些资源，建立自己方方面面的关系网。身体健康可以建身体健康的关系网，心理健康可以建心理健康的关系网，头脑聪明可以建头脑聪明的关系网，日常家务可以建日常家务的关系网，孩子教育可以建孩子教育的关系网，理财炒股可以建理财炒股的关系网，甚至吃喝玩乐也可以建吃喝玩乐的关系网。关系网的建立可以最大限度地给我们的生活提供支撑和方便。只做只有自己才能做的事情，最大限度发挥自己的长处，短处和其他事情由关系网和其他人来补，学会借力，我们的生活能轻松高效很多。

关系是生命最好的滋养品，是我们生活最大的支撑力，但关系不是凭空出现的，它需要我们用心地经营。事实上，不管是夫妻关系、亲子关系、朋友关系、合作伙伴关系、上下级关系，还是师徒关系，任何人际关系都会经历一个

U形曲线。关系刚开始建立的时候，一般都很美好。可是，经历一些事情，特别是经历一些问题和矛盾，我们的关系会急剧下降，进入糟糕状态。很多关系都会止步于此。要想让关系滋养我们的生命，支撑我们的生活，我们需要跨过这个阶段，从糟糕状态出发，重新建立新的稳定的健康的关系。

接下来，我们分享一下修补糟糕人际关系的三个步骤。

第一步，不负责。不负责就是对对方的思想、行为、情绪、生命状态不负责任。举例来说，我们遇到一个掌控感很强价值感很低的领导，他总是以自我为中心，批评指责辱骂下属是家常便饭，下属好像怎么做他都不能满意。很多人成天到处抱怨这个领导的不是，很多人被这个领导折磨得苦不堪言，感觉日子都没办法过了。这些都是对这个领导负责任的表现。真正对领导的思想、行为、情绪、生命状态不负责是指，领导掌控感强、价值感低、以自我为中心、批评指责辱骂、不满意那是他的事情，我不用管，我也管不了。我能管的，需要负责任的只是遇到这样的领导我该怎么办？我是应该为了前途顺应他，还是为了自由远离他？如果我既不能顺应也不能远离，就是把自己夹在中间撕扯，那我的问题出在哪里，我的课题是什么？这种分清是谁的事就是对领导不负责，对自己负全责。不负责的本质是课题分离和划清边界，把自己的课题和领导的课题分离，把自己的边界和领导的边界划清楚。这是修补糟糕人际关系最重要也是最难的一步，也是需要我们花费时间和精力最多的一步。

在慢慢对对方不负责的过程中，我们慢慢会发现自己开始能接纳对方了。这时，我们进入了修补糟糕人际关系的第二步，接纳。接纳他的思想、行为、情绪和生命状态。还是拿上面的领导为例。等到了接纳这个阶段，我们就会发现原来他没有那么讨厌。他掌控感强、价值感低、以自我为中心、批评指责辱骂、不满意的背后是他想把事情做好，想把企业搞好，想把职工的福利办好。当然他也是想通过把这些事情办好体现自己的价值，填补自己的生命能量。不管是为了别人还是为了自己，到了这一步，我们对对方的接纳度都会提升。而且在这个阶段，随着我们接纳度的提升，我们还会慢慢寻找到这段关系里我们应该保持的距离和应该待的位置。比如，通过尝试，我们可能发现，和"讨厌的领导"保持"10米"不近不远的距离，明确他是企业的操盘手，而我们只需要做好其中一环，会让我们感觉最舒服，对我们的工作最有利。事实上，在任何关系中，寻找到合适的距离和位置都会让我们感觉舒服自在很多，都会让协作双方合作更愉快更顺畅。

在慢慢对对方接纳的过程中，我们慢慢会发现自己开始能滋养对方了。这时，我们进入了修补糟糕人际关系的第三步，滋养。什么是滋养？能看见别人的努力和辛苦，能认可别人的价值和能力，能表达自己的看见和敬意，能成全别人，愿意帮助别人完成愿望。还是拿上面的领导为例。到了滋养这个阶段，我们可能会发自内心地给领导说一声"您辛苦了"。我们可能在领导需要摆架子的时候发自内心地配合他，成全他的面子。我们可能发自内心地向他请教工作中遇到的问题，想听听他给出的方案和建议。这个时候，对于别人而言，我们就是他们生命最好的滋养品。很多情况下，人际关系中最好的滋养品其实是不带掌控和评判的临在。允许别人是他自己，不管他是怎样的人，我们都能接纳，也都会一直在他们身边，这种临在非常滋养一个人的生命。

等我们从不负责走到接纳，从接纳走到滋养，我们就走出了 U 形曲线的低谷，建立了一段现实的牢固的美好的关系。虽然我们提出修补糟糕人际关系需要三个步骤，但事实上，接纳和滋养根本不能修，也不用修，它们是水到渠成的结果。不负责着不负责着就会接纳，接纳着接纳着就会滋养。如果心境没到，能量没到，我们就强求自己接纳，强求自己滋养，只会辛苦自己，欺骗别人。这种关系长久不了，美好不了。比如，我们正被那个掌控感强、价值感低、以自我为中心、爱批评指责辱骂，对什么都不满意的领导折磨得苦不堪言，感觉日子都没办法过了，就逼着自己接纳他，还想着滋养他，那我们会活得更拧巴、更压抑，表现出来的滋养也会变了味，成了讨好谄媚。这种关系随时有断裂的危险。就算不断裂，它也不会滋养任何人，它只会消耗大家，给未来埋下隐患。所以，在第一步时，我们只做不负责，我们不要求接纳，也不准备接纳，更不谈滋养。

我们前面说共同体感觉、有爱有温度的关系、归属和爱逐渐往外延伸，从家庭、学校、单位、地域社会、国家、人类，最后延伸到宇宙，我们越相信自己就是这个共同体中的一员，越是为了建立的关系不断奉献，我们获得的安全感、幸福感、力量感、意义感就越大。可是真正的问题是，我们无法延伸怎么办？我们就是只能关注自己，我们就是走不出去怎么办？

我们前面说建立关系网，学会借力，我们的生活能舒服高效很多。可是真正的问题是，我们很多人都是有病了才赶紧找医院，孩子学习成绩差了才赶紧找个补习班。我们很难有意识慢慢建立各个领域的关系网，不断地投入时间精力金钱慢慢维护自己的关系网。我们很多人都是出了问题才着急找出路，而且要的都是立竿见影的效果。

我们前面提出修补糟糕人际关系的三个步骤，第一步是不负责，然后从不负责走到接纳，从接纳走到滋养，我们就走出了 U 形曲线的低谷，建立了一段现实的牢固的美好的关系。说接纳和滋养根本不能修，也不用修，它们是水到渠成的结果，不负责着不负责着就会接纳，接纳着接纳着就会滋养。可真正的问题是，虽然我们知道应该划清边界，对别人不负责，但就是做不到怎么办？而且，是什么推动着事情沿着不负责、接纳、滋养这条路线往前走？它背后的力量是什么？

事实上，美好的关系是生命能量提升的副产品。随着生命能量的提升，我们的共同体感觉、有爱有温度的关系、归属和爱会自然而然逐渐往外延伸。随着生命能量的提升，我们自然而然不会急于求成，而想要寻找更稳当更长久的生存方法。随着生命能量的提升，在人际关系中，我们自然而然会慢慢和别人完成课题分离和划清边界，开始对别人不负责，对自己负全责；会慢慢变得包容，开始接纳；会慢慢变得慈悲，开始滋养。生命能量的提升是美好关系的基础，想要拥有美好的关系，我们需要从修自己的生命能量开始。而生命能量的提升，是在一次次遇到问题，有情绪时，利用冰山模型进行探索，在不断看见真相，不断调整改变自己的过程中，慢慢提升的。

大脑的修炼

我们前面提到人类的各种知识体系、思想、神话传说、科学理论、世界观、人生观、价值观本质上都是大脑的产物，都是为了认识这个世界，理解这个世界，解决遇到的问题，为了"生"提出和创建的。事实上，因为我们所有的感知通道都是被规定过的，多少波长是什么颜色，多少频率是什么声音，什么温度是什么感觉，等等，所以，我们一睁开眼，看见的就不是真实的世界，我们永远无法知道这个世界真实的样子。

我们甚至可以这样理解这个世界。我们知道的宇宙是我们的感知通道打开的空间，我们看到的万物运行大道是我们的思考力打开的空间，我们感受到的灵性是我们的感受力打开的空间。宇宙、道、灵性都只是我们自己打开的一个空间，真正世界的样子我们永远无从知晓。这听起来让人有点沮丧，可是冷静下来想想，看见这个世界真正的样子真的重要吗？人类的感知、情绪、思想本身就不是为了求真设定的，它们都是为了求存设定的。

大家设想，我们为什么要把320纳米的光波分辨为150种颜色的错觉？是因为如果我们要直接处理光波，它会变成一个非常复杂的问题。大家知道光波是连续的，是一个无级变量，从400纳米到720纳米，它是没有任何区隔的，而我们却要把它分辨为完全不同的色差。如果你做不到这一点，将是一个多么危险的事情。请大家想，你做猴子的时候，你在秋天在一片黄叶之中要采取一个微微发红的桃子，你远远要能够看见那个微微发红的桃子深藏在一片发黄的树叶中，黄色和红色在波长上只有几纳米或者几十纳米的差度。如果你不能把它截然区分为不同的色差，猴子一定会饿死。是不是这样呢？比如你看到一条五花蛇，如果你现在才开始计算它的波长，那么你的脑子得像教室这么大，你可能都来不及处理，而你瞬间把它错觉为不同的色差，你马上就能够确认一个分辨关系，我们把它叫识辨求存模型。因此我们只有错觉，这个世界才能有效地维护我们的生存。因此我们讲，我们的感知不是为求真设定

的，而是为求存设定的。（此段话出自王东岳先生）

明白我们的感知、情绪、思想不是为求真而是为了求存设定的这件事情，会让我们对自己的认知有一个更深层的觉察和反省，会让我们对这个世界真实的样子有一个更深层的觉察和思考，它是一个非常棒的思考工具。

虽然我们的感知、情绪、思想不是为了求真而设定的，我们永远无法知道这个世界真实的样子，但我们的生存需要这些感知、情绪和思想。虽然大脑给我们设置了很多骗局，但我们的生存需要大脑的思考和指引。所以，真相很多时候不重要，重要的是我们要看清它们，学会跟它们对话，学会跟它们相处。接下来，我们说说如何修炼自己的大脑更好地生存。

要想学会利用自己的大脑更好地生存，我们要提升自己的认知力、学习力、思考力和进化力。认知力是对客观世界认知的能力，学习力是学习新东西的能力，思考力是对事物深度思考的能力，进化力是不断优化自己认知的能力。

我们先说如何提升认知力？

《大学》有言："古之欲明明德于天下者，先治其国；欲治其国者，先齐其家；欲齐其家者，先修其身；欲修其身者，先正其心；欲正其心者，先诚其意；欲诚其意者，先致其知；致知在格物。"那么，何为"格物"？表意可理解为把东西放在格子里，或者分类物体，其实意则为辨对错和价值。辨对错和价值是任何物体为了求存而演化的基本技能。只有具备了辨对错和价值的能力，才能做出有利于自身存在的选择，才能生存下来。在人类层面，辨对错和价值是任何人一切思想和行为的基础。有了对错观和价值观的标准，我们才可以谈什么是恶什么是善，也才可以谈克（惩）恶扬善、正心诚意、修身齐家治国平天下。树立对错观和价值观如此重要，那么我们就要深入考虑一下什么是对的？什么是错的？什么是有价值的？什么是没有价值的？

还是拿王东岳先生的一个例子举例。大便对于人类而言是臭的，我们会捂着鼻子躲着它。可是对于苍蝇它可能就是香的，要不然苍蝇不会一直绕着它转（当然，我们不可能是苍蝇，所以我们永远不可能知道苍蝇的真实感受，在这里只是猜测和比较）。如果人类要和苍蝇谈论大便的气味问题（假设苍蝇可以和人类沟通），看谁对谁错，那一定没有最终答案。不同物质对于同一物质有不同生理反应的原理是什么？大便是人类身体新陈代谢后的产物，对于人类而言它已经没有养分，所以人类演化的嗅觉器官会将大便闻成臭味，以让人类在做出食物选择的时候将其排除在外，而大便中的成分对于苍蝇而言还是有养分的，所以苍蝇演化的嗅觉器官会将大便闻成"香味"。同一物质，不同的物质因为生存需求，将其演化出了不同的味道。（可能有些读者会有这样的疑问，如果人类的嗅觉器官判断为臭的食物都是没有养分的，为什么人类还会吃臭豆腐这样的食物？这其实是另外一个比较大的问题。人类的感知系统只是生物中比较低级的感应系统，人类还演化了更高级的理性系统，在做出选择的时候，我们很多时候利用的是我们的理性系统。）

社会上有一个不成文的讲究，说如果出门碰见结婚，你今天就要走霉运，如果出门碰见下葬，你今天就要走好运。我们试着来分析一下这里面的原理，结婚是喜事，本就热闹，如果路人碰见了，都想上去看看新娘子长什么样，漂亮不漂亮，新郎外形又如何，那大家可以想想，这婚礼现场的秩序得多难维持。相反，下葬是件伤心事，家属本就悲伤，如果路人碰见都怕晦气，都躲着走，那么送葬之人是不是又会平添几份伤心。如果我们给大家讲这其中的道理，说碰见人家结婚离远点，不要打扰到人家，碰见人家下葬不要躲着走，以免家属伤心，我想没几个人会做到，因为考虑别人总是一件很困难的事情。所以，我们有了这样不成文的讲究。有人将这一现象总结为：庸者，欺之有功。

我们的生理系统、道德系统、习俗、风水、禁忌、讲究等，如果深入分析，会发现都是为了人类更稳定的生存而演化的系统。所以，世间万物本无对错和价值之分，只是一种客观存在，而人类为了求存，"人为"地划分了物的属性，"对错"和"价值"都是为了求存而演化的"人为属性"。

"世间万物本无对错和价值之分，只是一种客观存在"是一种思想境界，也是一种思维方式。在这种思想境界里用这种思维方式将帮我们打开一个全新的世界，让我们获得精神上的自由，看清世界的本原。

提升认知第一步也是最关键的一步就是摒弃自己的价值观。

佛家认为："智"有世间智与出世间智，世间的知识以及世间的聪明才智，都以"我"为中心，不论是个体的小我或全体的大我，都未脱离我执烦恼，所以名为世间有漏智；唯有超越了自我中心的一切心理或精神的运作称为出世间的无漏智。

"世间万物本无对错和价值之分"这一结论属于佛家的出世智，或者是无漏智。但问题来了，世间万物只要幻化为有形之物，则必然要受制于幻化之物的约束，就算不受制于"此有形之物"的约束，也将受制于"彼有形之物"的约束。佛家修的是出世智，但就算佛家看透世间万物皆生命，做到了做一天和尚撞一天钟这样的自满和无为状态，也逃脱不了其作为人的约束，也有自己修炼的边界。最简单的例子就是即使佛家弟子不以酒肉为食，但也要以植物为食材。所以，只要是有形之物，就会为了生存而演化自己的对错观和价值观，即有对错之分和价值之分。就算我们像佛家一样，修炼自己的精神世界无对错和价值之分，但作为人类，修行者的身体为了求存已经演化出了自己的对错观和价值观。所有存在者都会被困在当世和当下，无论我们如何突破，都归茫然，除非失存。

前面我们得出的结论是"世间万物本无对错和价值之分"，但这里我们又提出只要是有形之物，为了求存，我们就必须演化出辨对错和价值的技能，这是不是前后矛盾？作为有形之物，既然必须要有对错和价值之分，为什么还要追求"无对错和价值之分"的认知？

首先，这两种观点一点都不矛盾。出世智是认知的需求，入世智是行动的需求。所以大家常说中国人的心里都是老子，外在都是孔子，这是极大的智慧。其次，为什么要追求出世智的认知？从比较窄的一个层面讲，如果我们执着于对错和价值，也就不可能用对错和价值之外更大的胸怀和眼光来理解和包容世间万物。所以，佛家讲修炼的方法之一叫"放下"。从另一个层面讲，只有拥有了出世智，你才可以看见万物的本原。

提升认知的第二步就是修炼自己的出世智和入世智。

我们前面提到，我们的认知是为了求存而设定的，那么它又是如何设定的？认知的作用到底是什么？只要稍加观察我们便会发现：认知比较高的人比认知比较低的人更具有长远眼光、集体眼光、本质眼光和逻辑眼光。即认知比较高的人更立足未来，更注重集体，更能看清事物的本质，更能从有序、有章法的环境中看清事物的趋势。

这四个眼光和四种能力是决定我们生存能力的关键。毕竟生命是向前走而不是往后退，如果能从未来的角度考虑今天的行为，那将使我们今天的行为更有利于明天的生存；我们是社会性群体，皮之不存，毛将焉附？能从群体角度考虑自己的行为，那将最大限度保护我们的生存环境；

万物运行都有自己的道，如果能透过现象抓住本质，顺道而行，作为身体的 CEO，我们也将以最小代价完成生存使命。

提升认知的第三步，提升自己的四个眼光和四种能力。

不同的人有不同的认知模型：有人用权力的方式看待这个世界，这个世界便是阶级、斗争、势力、站队；有人用金钱的方式看待这个世界，这个世界便是供求、价值、价格；有人用逻辑的方式看待这个世界，这个世界便是模型、系统、概念；有人用音乐的方式看待这个世界，这个世界便是旋律、节奏、和弦；甚至有些人用游戏的方式看待这个世界，这个世界便是好玩或者不好玩。虽然不同的人有不同的认知模型，但这些模型归纳起来只有两种模式：开放式和封闭式。

在开始讨论这两种模式之前，先提到两种思想体系，一个是宗教，另一个是哲学。为什么要提到宗教和哲学这两大思想体系，因为宗教属于典型的封闭式认知模式，哲学属于典型的开放式认知模式。

封闭式认知模式的特点是肯定确定明确。每个宗教都有一个肯定、确定、明确的世界观，它告诉你这个世界是怎么形成的，它是怎么运转的，它将走向何方；不管是苦、乐还是自由，每个宗教都会给你一个明确的人生主线；绝大多数宗教教化人的标准都是真善美，符合这一标准的我们称其为君子、圣人、贤人、得道之人、圆满之人，而如何使个体达到真善美的标准，每个宗教都有自己一套完整的修炼之法。肯定、确定、明确的好处就在于你还没有弄明白这个问题的时候，它给了你一个明确的方向，明确的方向会将人的思想统一起来，而具有真善美品质的人协作的效率会更高。

开放式认知模式的特点是不肯定、不确定、不明确。这个世界是怎么形成的？它是怎么运转的？它将走向何方？统统不肯定、不确定、不明确，我唯一确定的就是，现在对于世界的认知只是一套逻辑模型，它很快会被新的模型替代。人的一生应该是什么样的？不确定，你持有怎样的人生态度，你就有怎样的人生，你的人生会随着你所处的环境和你每一时刻的选择而发生变化，没有固定的方向和主线。你应该成为怎样的人？真善美？可以，你的协作能力会提升，因为大家更愿意跟这样的人协作，但如果你坚持绝对的真善美，在某一时刻你会被别人利用和欺骗，对于别人的心机你可能没有察觉能力和抵抗能力。不肯定、不确定、不明确最大的坏处就在于，你没有办法给别人一个明确的答案和方向，但它最大的好处却在于你有无数的选择和无限的空间。

如果要讨论这两种模式的优劣，答案是没有好坏之分。不管宗教建立的最初意愿是什么，在应用过程中，它是很好的统一思想高效协作的工具。对于协作而言，封闭式认知模式就是好的模式。开放式认知模式适用于哲学探索万物之道的需求，所以对于哲学而言，它是好的模式。

提升认知的第四步，根据实际情况选择适合自己的认知模式。

很多人都强调批判性思维的重要性，不过，比批判性思维更高级更彻底的方法是学会跳出边界。任何人任何事都会有自己的边界，我们一定要清楚这一点。事实上，为了生存，每个人一定是生活在一个特定的边界中。聪明人知道自己的边界在哪里，而且会将自己的行为控制在边界内，这样做的最大好处就是行为的结果可以预期和控制。将行为控制在边界内是很好的一种做事方式，但要提升认知我们一定要学会跳出边界。

在跳出边界上一个很好的做法是：把心中的"神"都拉回现实，同样地，把心中的"魔"也拉回现实。

成长过程中，我们一定仰视过某些东西，比如某位伟人或者名人，某种先进的理论，某本名著，这些仰视的东西就是我们心中的"神"。仰视的好处就是它可以指引牵引我们前进的方向。仰视的坏处就是它往往给我们"幻象"，让我们看不到现实，做出错误的判断。将"神"拉回现实最有效的做法就是，和"神"站在一起，做一样的事情。这样做的结果就是，我们会发现再伟大的人也要吃喝拉撒，拥有七情六欲，只不过是个凡人。他们在面临决策的时候也犹豫不决，那些漂亮的形容词形容的行为其实是无奈的选择。那些先进的理论也不是完全正确，他们也有解释不了的东西。那些名著也不是一气呵成，是艰难的修改再修改才编写出来的。

　　同样地，成长的过程中我们也一定俯视过某些东西。比如某些人、某些理论、某些事情。这些俯视的东西就是我们心中的"魔"。俯视的好处就是尽量减少了这些事情对于我们的负面影响。俯视的坏处就是它往往也给我们"幻象"，让我们看不到现实，做出错误的判断。将"魔"拉回现实最有效的做法就是，试着和"魔"站在一起，想象着做一样的事情。这样做的结果就是我们会发现那些我们鄙视唾弃的人和行为其实有自己的合理性。那些被我们"踩"着的事物也有其可爱之处。

所以说，判断一个人认知水平高低的一个方法就是看他看人看事的客观程度。看人看事的客观程度越高，一般认知水平也越高，看人看事的客观程度越低，一般认知水平也越低。

边界是一个非常重要的概念，它无处不在。上面我们提到价值观会给我们形成边界，如果要提高认知需要突破价值观的边界。这里我们提到好坏也会给我们形成边界，如果要提高认知也要突破好坏的边界。但这些都只是边界的一些方面，边界在我们的生存过程中无时无刻不在，我们一定要注意到它的存在，利用好它的价值，突破它的限制。站在绝对客观的角度来看，这世间没有什么东西是绝对对或者绝对错的，如果有，那就是我们的边界所在，我们受益于这个边界，但同时也受制于这个边界。

提升认知的第五步，突破自己的边界，更客观地看清这个世界。

接下来，我们说说如何提升学习力？

我们从小到大要学习很多知识以满足自己生存的需求。我们不断地学习，可很少想这些知识的本质是什么？知识的本质是逻辑。

数学整门学科大厦的基础是 1+1=2。如果 1+1=2 不成立，数学的所有公式将失效。那什么是 1+1=2 ？这世上根本没有 1 这样的物质，也没有 + 和 = 这样的物质，那它们是什么？它们都只是我们理解这个世界的一些工具，是我们大脑中的一些逻辑。汉字也是一种逻辑。"闯"字来源于古人对于生活现象的观察。他们发现马在出入门的时候都会腾冲过去，于是用"闯"来形容猛冲的行为。"诺"表示说（言）若如何将如何，于是我们用"诺"来表示承诺、诺言等。汉字只是人们传递信息的一套逻辑符号。

锻炼逻辑思维最好的两个工具就是哲学和编程。程序和算法是最赤裸的逻辑，编程是接触逻辑、理解逻辑、锻炼逻辑思维能力最好的方法。学习哲学不仅可以锻炼逻辑思维能力，还可以提升抽象、概念和辩证能力。因为哲学的本质是追问价值观、人生观和世界观，追问本原。追问的过程需要我们不断透过现象看清本质，需要我们从大量信息中抽取关键信息，需要我们把复杂问题简单化，需要我们从不同角度不断分析。这个过程对于我们的抽象、概念和辩证能力是很好的锻炼，大脑也会在追问的过程中变得更灵活。所以，提升知识学习能力最有效的工具就是学习哲学。

我们分享三个快速学习知识的基本方法。上面我们提到知识的本质是逻辑，逻辑的最大特点就是"有章可循"，所以快速学习知识的第一个基本方法就是厘清思路。找到知识的逻辑框架，顺着这套逻辑框架你最容易掌握这套知识的精髓。快速学习知识的第二个基本方法就是培养学习的兴趣。欲望是行动最好的老师，培养学习的兴趣就是激发我们学习的欲望。这个世界的本质是什么，有没有一套自洽的逻辑可以解释这个世界运行的规律，这是很多科学家奋斗终身的动力来源。养成良好的学习习惯是快速学习知识的第三个基本方法。每个人都会有一个最适合自己的学习节奏。我们需要不断寻找，找到这个节奏，通过刻意训练让这个节奏根植于我们的生活中，让学习慢慢地出自本能。

问题学习法是一种非常不错的学习方法。它最大的好处在于精力集中，效果明显，学习者有很强的驱动力。苏格拉底教育方法的核心就是问题引导法。他在教学生获得某种概念时，不是把这种概念直接告诉学生，而是先向学生提出问题，让学生回答。如果学生回答错了，他也不直接纠正，而是提出另外的问题引导学生思考，从而一步一步得出正确的结论。问题学习法又分为被动问题学习法和主动问题学习法。被动问题学习法只有在遇到问题的时候才会起作用，效果没有主动问题学习法好。主动问题学习法就是在没有遇到问题的情况下，主动针对可能遇到的问题或者感兴趣的问题开展学习。在人生的旅途中，有很多人都会出现掉到"坑"里的经历。虽然绝大多数的人最终都会从"坑"里爬出来，但这个过程需要我们耗费太多的时间和精力。这些时间和精力如果花费在其他事情上，我们可能可以看到更多的人生风景。所以，查理芒格才说："愿你们在漫长的人生中日日以避免失败为目标成长。"所以，极力推荐人家学会并习惯使用主动问题学习法。

跨领域学习法也是一种非常不错的学习方法。知识背后的逻辑往往是相通的，物理学的问题也许利用中医的思路解决起来更有效，人际关系的问题也许利用数学模型更好解决，决策上的问题也许音乐可以有所帮助。在大脑中多建立一些自洽的逻辑，然后让它们任意碰撞，其效果可能远远超过我们的想象。

只要提到思维方式，很多人马上会联想到：东方思维和西方思维。这两种思维方式的区别在于：东方思维注重总结、形象、功能、洞察，西方思维注重分解、直观、具体、实验；东方思维的结果简单、系统、灵活，西方思维的结果细致、精准、易操作；东方思维的产物有五千言

（《道德经》）、太极图、《大学》、《易经》、八卦图；西方思维的产物有流程、标准、图表、程序；东方思维适用于处人，西方思维适用于做事。东方思维和西方思维其实只是个代名词，并不一定说所有的东方人用的都是东方思维，所有的西方人用的都是西方思维，这种划分只是区分了两种完全不同的思维。实际情况是绝大多数的人在大脑中同时存在这两种思维方式，只是在处理问题的时候一个会是主导一个会是辅助。同时掌握这两种思维方式，在处理问题的过程中，具体问题具体分析，能更有效地解决问题。

很多人在学习的过程中追求心静。什么叫心静？稳定的、和谐的内在协作状态。在这种状态中，我们的输出比较平稳，协作效率也比较高。为了追求学习的效率，我们要追求心静，但也要拥抱慌乱。我们在什么情况下会出现慌乱？一个新的局面，一个未曾遇到的问题，一个突如其来的意外，在这些异常的情况下我们都会出现慌乱。慌乱的本质是内在的协作体系，对于面临的问题不能掌控。在这种情况下，我们已存的认知模式最易打开，也最容易完成升级工作。所以，一定要把握好这个时间窗口，吸收新问题，完成升级。

学习之法有很多，不只我们上面提到的这些。不管是何种方法，解决问题是硬道理，也是检验学习效果最好的方法。

人生中重要的事情是什么？如何生存，如何思考，如何选择，如何修炼，如何找到自己，如何建立关系，等等。可是，我们会发现事关我们人生中最重要的内容在目前的教育体系当中都不会被直接提到。目前整个教学体系的设计只是单纯的片面的一些知识体系，说白了就是一些逻辑体系。所以，从这个角度上来看，上过学和没有上过学的个体之间最大的差别只体现在逻辑思维的能力上。教学体系设计得不完整只是现代教育的问题之一，教学方法的简单、单调、粗暴是现代教育的另一个问题。填鸭式教学是目前使用面最广的教学方法。老师依据教学大纲进行课程设计，站在讲台上单通道地进行信息输入，学生的学习重点完全被锁在了这个大纲里。整个教学方法没有最大限度地激发学生的学习兴趣，没有最大限度地调动学生的主动学习能力，没有考虑不同个体对于同一个问题的理解接受程度和速度，没有充分地锻炼学生解决问题的能力，没有考虑个体的成长意愿等。

产生上面问题有其客观原因：第一，老师的时间和精力不足，学生太多，老师根本没有时间和精力开展内容丰富、有启发性、有针对性的教学；第二，现行教育体系导致老师作为的动力不足，老师的名利没有与教学方式挂钩，而且新的教学方式短时间内看不到明显的效果，而且可能在现行教育体系下会有负面的效果，这个责任老师不愿意自行承担。

现代教育之弊端是阻碍我们学习力很重要的因素，我们要意识到这一点。至于思考力和进化力，它们比起能力来说，更需要的是一种精神。思考力需要的是一种打破砂锅问到底的精神。进化力需要的是一种突破自我精益求精的精神。

身心脑的协作

吸引力法则是当下非常流行的一种心想事成的方法。它提出实现目标最有效的方法就是重复地观想你想要的画面，你看见的画面越清晰，你越感受自己身在其中，你越容易心想事成。稻盛和夫是一位著名的日本企业家，他提出了"看见成功的画面"的方法，他认为，通过不断去看见成功的画面有助于获得成功。有一位禅师说，在佛前最好的祈祷就是感觉目标已经达成，祈祷已经得到回应。

吸引力法则、稻盛和夫的成功之法和禅师的祈祷之法好像都在告诉我们一件事情：只要你想，事情就能成。对于这种心想事成的方法，很多人深有感触，也受益良多。但也有很多人嗤之以鼻，觉得那是无稽之谈。为什么大家的感受相差这么多？因为没有人非常清楚地阐述过这种方法的原理。没有清晰的原理指导，很多人就找不到使用的法门，就无法把这个方法使出来。这个方法的原理是什么呢？信念和意识持续发力，不断引领心灵和身体，最后身心脑完美配合，达到心想事成。

知道了这个原理，我们就能清楚地看到使用这个方法的关键点。吸引力法则中我们必须有一个非常坚定的信念，并坚信自己的信念。我要考上大学，我要找个好工作，我要家庭幸福，我坚定地相信自己能考上大学，能找个好工作，能家庭幸福。相信"相信的"力量，那么这股力量就会不断地引领我们的心灵、我们的身体，影响我们的行为和环境，最后带我们走到目的地。在这个过程中，信念不够坚定，身心就不会听话配合。比如，我想要减肥，但减肥的信念没有强过对饥饿的忍受和美食的诱惑，那吸引力法则就很难发挥作用。

这里我们要说说信念和执念的区别。信念和执念都是人类心理状态中的概念，它们都是对事物的看法、判断或信仰，都可能导致人的情绪、行为和生活质量受到影响。但它们却有本质的区别。信念会让我们越来越有力量，而执念会让我们越来越痛苦。为什么会这样？因为坚定的信念必须依靠强大的身心来执行和落实，而有的时候身心能力有限，实在无法配合，这个时候如果不顾现实还坚定信念，就成执念了。比如，我想要减肥，但身体健康频频出现问题，身体目前的状况不能支持我减肥的信念，如果我这个时候不顾身体现状，强行减肥，那就不是信念了，那就是执念了。信念和执念的根本区别是有没有考虑到实际情况。考虑实际情况的信仰叫信念，不考虑实际情况的信仰叫执念。因为不同的人对实际情况有不同的判断，所以，信念和执念之间没有特别清晰的边界，我们要根据自己的情况和判断，做出自己的选择。

理解了上面的逻辑，我们就会发现，只有坚定的信念持续发力，意识持续专注发力，强大的内心和健康的身体全力配合，吸引力法则才能最大限度发挥它的作用。缺少了任何一个力量，吸引力法则的力量都发挥不出来，或者发挥的力量非常小。

接下来，我们看看灵魂的样子。和老天爷上帝一样，很多人都觉得灵魂一定存在，因为他们经常能真切地感受到它的存在。有很多人坚决认为它不存在，因为从来没有人真切地看见过它的真容。世上真有灵魂吗？如果有，它存在于何处？灵魂是身体、心灵和头脑共同搭建的空间。理解了这个，我们可以说这世间存在灵魂，因为这个空间就像墙体搭建的房间一样真实存在。我们也可以说灵魂不存在，因为空间不是实物，我们看不见摸不着。

灵魂虽然看不见摸不着，但借用身体、心灵和头脑的变化，我们却能感受到它的存在。睡了美美一觉，被别人温暖地拥抱；学到了新的技能，拥抱大自然，等等，这些都会让我们感觉自己的灵魂被滋养。身体疼痛难受生病，被别人嫌弃背叛抛弃，大脑钻进牛角尖，隔离自己进入封闭状态，等等，这些都会让我们感觉自己的灵魂被掏空。所以，灵魂存在吗？存在。不仅存在，我们还可以借由调整自己的身体、心灵、头脑、环境状态来自主地搭建它。

很多修行者会提到一种仙态，描述在仙态中修行者能够超越物质世界的束缚，不再被物质欲望和物质追求所困扰。能够达到心灵的自由和宁静，不再被情绪和思维所困扰。能够超越时空的限制，感受到宇宙的无限和永恒。能够与道合一，达到与宇宙的和谐统一。仙态是一种很难达到的状态，需要修行者进行长期的修行和实践，但仙态的本质和修行要点却很简单。仙态的本质就是身心脑到达绝对稳定和协调的状态，意识能量到达极高的水平。它的修炼要点就是练我们身心脑的稳定性、协调性和意识的能量。万物都在求稳，不稳才会折腾，才会痛苦，才会难受。当身心脑到达绝对能稳定和协调的状态，意识能从纷乱中抽离返归空，我们自然就能摆脱世间的一切纷乱，超越物质世界的束缚，达到心灵的自由和宁静，感受到宇宙的无限和永恒，感受自然与宇宙的和谐统一。在那个状态下，因为身心脑极度稳定和协调，没有了无谓的运动。没有了无谓的运动，时间自然没有了存在的意义，我们自然就能体验到什么是天上一日地上一年。

很多人都讲要活在当下，可是到底什么是活在当下，如何才能活在当下却有点搞不明白。活在当下就是把专注力、感应力、意识、"神"放在当下，全然的和当下的事物连接。活在当下是很难的一种状态，身体的疾病和不舒服会分散我们的专注力，心理的痛苦难受会不自觉地牵制我们的专注力，头脑里的胡思乱想和各种念头、欲望会消耗我们的专注力。只有身体顺畅、心理平和、头脑安静，我们才能真正意义上和当下连接，一个条件不满足都很难做到活在当下。虽然活在当下很难，但一旦我们能修炼自己身心脑的稳定性和协调性，使身心脑相互不对抗不消耗，我们就能激发极大的能量和智慧。这就好比，当电脑磁盘被整理，无用的连接和存储被清理，运行的空间被腾出来，我们电脑就能释放更多的资源处理好当下的事情，运行的效率会大幅提升。

身心脑的完美配合可以让我们心想事成、事半功倍，可以让我们的灵魂得到滋养，可以让我们活在当下，体验什么是仙态，可以让本我的能量更容易迸发出来。这个时候我是谁？我从哪里来？我要去哪里？就会清晰地呈现在我们眼前。

接下来，我们说说如何做到身心脑完美配合？要想做到身心脑完美配合，我们首先要打开内在空间和内在通道。内在空间是阻断所有感受通道，大脑停止思考后打开的那个空间。内在通道是我们从内感受自己的通道。冥想时感受到的那个空间就是内在空间，专注时所用的那个通道就是内在通道。

为什么非要打开我们的内在空间和内在通道呢？因为只有在内在空间和内在通道中，我们才可能看到身心脑之间的缝隙。一般情况下，身心脑是配合在一起工作的，没有绝对的觉察，我们很难看见它们之间的缝隙。找不到缝隙，我们就无法在一件事情中、一个感受中、一个行动中，把身、心、脑独立出来分析。没有身、心、脑的独立分析，我们就不能快速找到问题所在。找不到问题所在，我们就无法有针对性地去调整。看见身心脑之间的缝隙有助于我们内在更清晰、更高效的工作和配合。

举例来说。有天你下班回家，一推开门看见家里乱七八糟，你顿时火冒三丈。这个时候，如果你不能仔细觉察自己的情绪，找到情绪的来源，你就会被这股情绪掌控，被这股情绪折磨。而如果你能仔细觉察自己的情绪，在内在空间和内在通道中，通过身心脑之间的缝隙把自己的身心脑分开，对身心脑单独进行觉察，你就会很快找到情绪的来源。这个来源很可能是前一天你熬了一个夜，加上白天忙了一天，身体疲惫为主要原因的情绪爆发。也可能是你前几天和配偶吵了一架，看见房子乱，借机释放你这几天积压的情绪。也可能是你认为家就应该整整齐齐、干干净净的执念在起作用。身心脑的独立觉察，会让我们更快锁定问题到底在身体、心理还是头脑，然后有针对性地找到解决方案。如果问题出在身体，赶紧睡一觉。如果问题出在心理，找个知心人或者心理辅导老师，做个情绪释放和情绪分析。如果问题出在头脑，看看你的执念给你的生活带来的利多还是弊多，如果利多，那有情绪就有情绪了，毕竟你因为执念受益更多，这点执念的代价还是要付的。如果弊多，那我们可能就要想办法转变自己的观念了。不管是什么原因，只要你找到了问题所在和如何处理，很快就会发现你再看见脏乱的房子也不心烦意乱了。

打开内在空间和内在通道，不仅让我们利用缝隙容易独立分析身心脑，还给身心脑之间的相互对话和交流提供了可能。

我们从王阳明的"知行合一"说起。关于什么是"知行合一"，有很多解释。最普遍的解释是，知行合一是我们的知和我们的行要保持一致，我们知道了我们就要做到。比如，我们知道要尊老爱幼，那么我们就要真正做到尊老爱幼。这种对知行合一的理解更像是一种自我要求和道德要求。知行合一还有一种解释，那就是我们能做到的其实才是我们真正知道的。比如，我们能做到尊老爱幼说明我们对尊老爱幼有了真正的认知，否则，我们对尊老爱幼的认知就不是真的认知。这种解释有道理但不好理解。我们可以把"知行合一"理解成身心脑的完全配合。大脑知道的，心灵能感应，心灵能感应的，身体能力行，知即行。身体力行的，心灵能配合，心灵能配合的，大脑能支持，行即知。知即行，行即知，知行合一。所以，什么是真正的"知行合一"。知行合一是一个过程，一个从身心脑混沌到身心脑完美配合的过程。

而在这个身心脑完美配合的过程中，身心脑要相互交流，相互对话。大脑要告诉心灵和身体自己的想法，心灵要告诉大脑和身体自己的感受，身体要告诉大脑和心灵自己的状态。它们之间要相互了解、相互谦让、相互配合。在什么地方交流？在什么地方对话？在什么地方配合？我们打开的内在空间和内在通道就是它们交流、对话和配合的地方。

内在空间和内在通道不仅给身心脑交流提供了场所，不仅让我们能在这里把身心脑分开来分析，它还是空的容器。

佛家有一个非常重要的概念叫"空"。有很多人都在悟空，很多人都在求空，很多人都在追空。可是"空"究竟是什么却很少有人能说明白。有些人用逻辑思考证明世间万物其实毫无意义，万物皆空。可是，那不是真的空，空不用思，不用悟，空就在那里。闭上眼，停止思考，打开内在空间的一瞬间，空就在那里。为什么"空"非常重要？因为一切皆空，一切才皆有可能。空了，灵感才能出来；空了，五感之外的感受力才能出来；空了，身体修复的机会才能出来；空了，身心脑交流的空间才能出来。我们来自空，最终也将回归于空。

　　接下来，我们说说打开内在空间和内在通道的方法。最常用的方法就是我们在意识修炼里提到的冥想和全神贯注。冥想是最古老的也是最被大家推崇的一种打开内在空间和内在通道的方法。全神贯注是我们可以使用的最方便的方法。具体的修炼方法我们在前面提到过，这里不再赘述。

　　在打开内在空间和内在通道的过程中，为什么要关闭大脑的思考？因为如果我们不刻意练习关闭，大脑是很难自己停止运行的。它会随时随地产生念头，编造故事。试着把你的眼睛闭上几分钟，你就能感受到你那个心猿意马的大脑。而大脑产生的那些念头和故事都会阻碍我们把专注力集中在一个点上。

　　内在空间和内在通道打不开，除了我们没有掌握恰当的打开方法外，更重要的原因是，过多的欲望、念头、恐惧、情绪会像垃圾一样，把那个空间填满，让内在空间和内在通道空不出来。这些垃圾有些是内在自己产生的，有些是外在环境传导的。比如，一个孩子的成长是生命自由、自然绽放的过程，可是父母望子成龙、望女成凤，强迫孩子学习，孩子一旦不学习他们就焦虑。父母的怕和要、掌控、唠叨、吼叫就像垃圾一样填满了孩子的内在空间，堵住了孩子的内在通道，让孩子没有精力、没有空间完成自我探索、自我成长。我们如何清理那些垃圾?《生命能量的修炼》里的理论和方法除了是提升生命能量的方法，也是清理这些垃圾的方法。

生之道篇 |

生而为生

我们的大脑分为三个部分：爬行脑、情绪脑、理性脑。爬行脑是大脑的最原始部分，也被称为"脑干"，它负责控制生命维持功能，如呼吸、心跳和消化。爬行脑在演化过程中最早形成，它使生物能够对环境做出快速反应，以适应生存。情绪脑也被称为"边缘系统"，它包括海马体、杏仁核和扣带回等结构。情绪脑负责处理情绪、记忆和情感反应。它使生物能够对环境中的事件产生情绪反应，以便更好地适应环境。情绪脑在演化过程中形成于爬行脑之后。理性脑是大脑中最新演化出来的部分，包括大脑皮层的前额叶，它使人类能够进行复杂的思考、计划和决策。理性脑使人类能够根据过去的经验来规划未来，制定长期目标并采取行动实现这些目标。

　　我们可以把我们的爬行脑简单等同于我们的身体，把情绪脑简单等同于我们的心，把理性脑简单等同于我们的脑。从爬行脑、情绪脑和理性脑的演化顺序看。我们的身体最早被演化出来。后来为了维护身体"更好"的存在，演化出了我们的心。比如，我们的恐惧就是为了让我们躲开危险，维护身体更好地生而演化的；我们的欲望就是为了让我们追求有利资源，维护身体更好地生而演化的；我们的爱就是为了让我们和世界建立连接，协同工作，维护身体更好地生而演化的。

　　再后来，为了"更好"维护我们身心的存在，我们的理性脑被演化了出来。比如，我们的价值观是为了让我们分辨对错好坏，趋利避害，维护身心更好地生而演化的；我们的想象力是为了让我们建立世界的秩序，从而找到规律和方向，维护身心更好地生而演化的。事实上，为了"更好"地维护我们身心脑的存在，我们还演化出了很多事物。比如前面提到的，我们的感知（听觉、视觉、嗅觉、味觉、触觉）不是真空的孔道，它们都是为了身体的求存而演化出来的。我们的社会，我们的政治体制，我们的经济体制，我们的文化文明，我们的价值观，也都是为了身体的求存而演化出来的。

我们的心、我们的脑、我们的感知、我们的社会、我们的政治体制、我们的经济体制、我们的文化文明、我们的价值观等等的存在，都只是为了维护我们身体协作体的稳定存在，而所谓"人生"其实只是单个身体协作体稳定存在的过程。理解了这些，再去探寻人生最重要的意义，再去探寻生而为何，我们可能就会发现，生存最重要的任务和意义就是生存本身。基于生存本身去思考、去作为、去修行、去制定政策、去寻找解决办法，我们更接近道。生不是为名、为利、为权，生甚至不是为情、为义、为道，生就是为生。理解了这些，再看《道德经》说的"不尚贤，使民不争；不贵难得之货，使民不为盗；不见可欲，使民心不乱。是以圣人之治：虚其心，实其腹；弱其志，强其骨。常使民无知无欲。使夫知者不敢为也。为无为，则无不治"，我们才可能体会到一点其中的思想内涵：回归朴素，回归生存本身，回归生命本身，我们方能长久，也才会不治而天下大治。

生而为生不仅可以解决认识问题，让我们对这个世界有一个更清晰更深刻的认识，解决我们生而为何的思考。生而为生同时也是方法论，它引导我们从根上，从初心上，从本原上解决问题。

　　股市中有很多的投资策略和方法。比如通过分析公司的财务报表、业绩、行业前景等基本面因素，来评估股票的价值和投资潜力。比如通过分析股票的价格、成交量、趋势等技术指标，来预测股票的价格走势和买卖时机。比如通过使用数学模型和计算机程序，来进行投资决策和风险管理。比如通过投资那些具有高成长潜力或者被市场低估的公司，来获得长期的资本增值。股市中的投资策略和方法虽然很多，但底层思想和方向却只有两个，那就是基于企业价值研究进行投资还是基于股票价格进行投资。

　　股市是从市场中衍生出来的，最初形成的原因是为了给企业提供融资渠道，同时也为投资者提供投资机会。所以，研究企业价值，基于企业价值进行投资，就是股市的本，就是股市的初心。从本上、根上、初心上解决问题，就是坚持基于企业价值研究进行投资，不看趋势，不看那些层出不穷、变幻莫测、复杂不稳定的技术方法和指标，只专注于研究股票价值，价值低估了买入，价值高估了卖出。

　　价值投资不仅是一套投资方法，还是一套心法。价值投资最大的好处在于它将我们的决策基于了一个价格。因为有预期的价格，所以我们的心理在到达这个价格之前都会比较稳定，不会因为市场的波动而波动。这种稳定的心理最终将最大限度保证我们做出正确的决策，最大限度保护我们的资金安全。

生活中我们面临很多的管理问题，比如国家治理、企业管理、行政管理、财务管理、人事管理、项目管理。针对这些管理问题，我们提出了非常多的管理方法。比如通过组织结构和管理层的权威来指导和控制员工的行为，以实现组织目标。比如利用经济激励如奖金、薪酬等手段来激发员工的工作动力和提高效率。比如依法制定规章制度，确保组织运作符合法律法规要求，保护组织和员工的权益。比如强调以人为本，关注员工的需求和发展，通过激励和培养员工来实现组织目标。比如通过科学的方法确定工作中最有效的方式，并以此训练员工，提高工作效率。比如将组织视为一个整体系统，通过分析和优化系统的各个部分及其相互作用来提高整体效率。比如鼓励和管理创新活动，以推动组织的持续发展和适应市场变化。

管理的方法非常多，但它们都只是工具，其作用发挥还是取决于使用它的人。使用它的人德才兼备，这些工具和方法就能成为得力的武器，带领组织持续稳定生存发展。使用它的人德不配位，或者能力不够，那这些方法就会沦为形式，甚至成为捆绑组织生命力的绳索。管理的主体是人，管理的客体也是人，人的思想问题解决了，人的能量提上来了，管理的效能才能出来，甚至很多问题不用管自己就解决了。所以，从根上、本上解决问题，就是践行大学之道，物格而后知至，知至而后意诚，意诚而后心正，心正而后身修，身修而后家齐，家齐而后国治，国治而后天下平。先解决思想和能量问题，思想和能量问题解决了，身心意自然就会正，身心意正了，家国天下自然就能治。

人工智能（AI）的快速发展将为人类社会带来前所未有的机遇，同时也引发一系列的问题和挑战。比如人工智能的发展可能导致一些重复性、低技能的工作，如装配、搬运等就业岗位的消失。比如人工智能的发展对一些需要高度认知能力的工作，如教师、医生、律师等可能造成影响。随着人工智能技术的不断进步，机器人和智能系统的功能将变得越来越复杂，甚至可以模拟人类的情感和行为，这也将引发很多人权伦理问题，例如，智能生命体算不算人类，能不能和人类享受相同的待遇，它们到底是工具还是伙伴？智能的发展对人类的生存是否会产生威胁？智能技术的使用，比如自动驾驶汽车、自动清洁机器人、智能做饭机器人、智能护理机器人等的使用，会给我们带来很多方便，让我们的生活更高效舒适，会释放我们很多的时间和精力，让我们可以做自己喜欢做的事情。但与此同时，智能技术的使用，比如手机、游戏、电脑等的使用，会极大地抓住我们的专注力，消耗我们的身体、时间和精力。从搜索引擎、知识服务到ChatGPT、Sora，我们检索信息、获得信息、生产信息的速度越来越快，但静下心来，深入知识内部，认真研究知识的人却越来越少。

不管人工智能对我们的工作就业生活会产生什么样的影响，不管未来人工智能会不会对我们的生存造成威胁，一个摆在我们面前的事实是，不管是现在还是未来，人工智能都将融入我们的生活，而且这个融入的程度会越来越深入，越来越全面。我们注定要和人工智能共生共存。那在和人工智能共生共存的过程中，我们如何保证自己的工作就业机会不被人工智能抢占，如何保证自己的生存不受到人工智能的威胁？如何在智能时代更好地生活？

想要在任何关系和任何协作中立住脚跟，我们只需要好好地做自己。机器和智能最初被演化出来是为了更好地服务于人，所以对人的身体、心理、思想越了解，越能单独或者和机器一起服务于人，我们越不会被智能抢了工作机会。好好做自己意味着不管市场、科技、算法、人工智能、生物科技等等如何快速发展，社会如何的日新月异，周围如何嘈杂热闹，坚持坚定地把有关人、有关人生、最基础的事情做好，以不变应万变。好好做自己意味着不管外面的世界多么绚丽多彩，只要守住心神，随时和自己的身体、心灵、头脑待在一起，觉察它们的状态，倾听它们的需求，照顾它们的运行，我们的身心就不会被智能影响左右。好好做自己意味着虽然通过价值交换获取生存资源更便捷，但我们依然遵循自己是一个情感动物的本性，注重自己和别人、和周围事物、和这个世界的情感连接，让人生保有该有的温度。好好做自己意味着虽然信息检索和生产变得更容易，但我们依然保持独立思考的能力，对这个世界有自己的思考，不被信息洪流左右了自己的方向。只有越来越理解"人"，越来越像个"人"，我们才能在根上、本上解决问题，才能在智能时代有自己的一席之地。

很多时候，很多问题，我们喜欢向外抓取寻找答案。比如安全感不足我们会拼命折腾周围的人，向他们要看见要认可要价值。比如企业核心力不足，我们会各种会议、各种学习、各种活动，折腾自己的员工。比如产品价值不够，我们会策划各种花里胡哨的营销活动。比如心里有鬼，我们会使用各种美言加以掩饰。向外抓取不仅费时费力，还治标不治本，最终可能还产生很多新的问题。生而为生的核心思想就是不管世界如何变幻莫测，我们都努力向内探，去看见本、看见根，然后不忘初心，坚定地在本上、根上、初心上解决问题，只有这样，我们才能在迷雾中走得轻、走得稳。

无为无不为

只要涉及管理，我们经常会遇到一个这样的问题：管还是不管？如何管？

比如在养生问题上，很多人主张身体有自我修复自我调节的能力，所以身体不适后他们抵触对身体的干预，想要依靠身体自身的修复能力实现康复。也有很多人主张身体要去积极调理，所以他们尝试各种养生方法，期望通过自己的努力可以让身体更健康。

比如在育儿上，很多人主张孩子要健康成长，我们一定要给他们绝对的自由，孩子知道自己想要什么，我们的教导是对他们的不信任，会影响他们生命的自然进程。也有很多人主张孩子小的时候根本不知道自己想要什么，玉不琢不成器，人不学不知义，德才兼备的人一定是管教出来的，而且孩子如果不需要父母管教，要父母干什么。

又比如在市场治理上，很多人主张市场有它自己的运行规律，只要我们不人为干涉，它自己会调整自己。也有很多人主张市场如果不施加干预，它会释放人性的贪欲，破坏人类的环境，最终将人类带到灭亡的边缘。

不管是对身体的管理、对孩子的管理、对市场的管理，还是其他任何管理，只要涉及管理问题，我们经常都会遇到这个问题：管还是不管？如何管？关于这个问题，我们可以尝试如其所是，无为无不为。

首先解释一下什么是如其所是？什么是无为无不为？如其所是就是说我们要基于现实进行思考和决策。现实的我是什么样的，现实的他是什么样，现实的事情是什么样的，我们都要尽量看见尽量接受。无为无不为是指最终的管还是不管？如何管？是基于现实中的具体问题认真算计、谋划、选择、探索的结果。

拿早上叫小孩起床上学这件事情举例。为了让孩子早上能吃上营养丰富的早点，上学能不迟到，很多家长给自己定了闹钟，早早起床，准备了丰富的早餐，然后叫孩子起床。孩子满口答应，结果十分钟过去了，他还赖在被窝。你又叫他，他又满口答应，结果上学时间快到了，你发现他还是没有起床的意思。于是，你的怒火一下被点燃，冲他大吼。在你歇斯底里的吼声中他很不情愿地起了床，嘴里还不停地嘟囔。看着上学时间的临近，看着他那懒散的样子，你的耐心被消耗殆尽。你不停催他，在最后时刻，你们终于急急忙忙出了门，结果发现准备的所有早餐根本没时间吃，只能顺手带个面包出门。出了门，虽然你憋了一肚子火，但还要赶着时间送他去学校。

相信很多家长都有过这样的体验，也有很多家长每天都被这件事情折磨得苦不堪言。于是有很多专家提出，孩子上学是孩子自己的事情，他迟到了老师自然会批评，老师这次批评了下次他自然就注意了，我们要学会放手，让孩子承担他该承担的责任。有一些家长按照专家的建议，经过一段时间的调整和适应，收效明显，彻底解决了早上叫小孩起床上学的问题。但也有一些家长虽然被叫孩子起床这件事情折磨得苦不堪言，虽然通过算计发现目前的方式很不划算，但就是不能按照专家建议的那样，管住自己的心，放开自己的手，每天照常重复着不愉快的经历。而且因为专家的建议，他们还陷入了孩子叫早问题到底应该管不应该管的矛盾纠结当中。

这些每天重复着不愉快经历的，陷入了孩子叫早问题到底应该管不应该管矛盾纠结当中的家长，就是因为没有看见和接受现实，没有基于现实中的具体问题认真算计、谋划、选择、探索。

在任何管理问题上，一般来说，没有章法的乱管不如不管，有章法有思路的管比不管强。所以，为了提高我们的管理水平，我们一定要向别人学习，向高手学习，向专家学习。看看别人是如何看待问题的，看看别人是如何算计谋划的，看看别人是如何选择如何解决问题的。这些学习会让我们少走很多弯路，是我们成本最低的做出明智决策的法门。

虽然学习会让我们受益匪浅，但这些学习同时也会给我们带来很多桎梏，影响我们自身智慧和能量的生发。为什么？因为具备灵活性是管理的灵魂，管理是所有事情中最没有标准答案的事情，管理的任何一个环节有变化我们的管理方法都要做出相应的调整。前一秒我们可能还人不为己天诛地灭，维护着自己的利益，下一秒可能为了更大的利益，我们就要舍生取义杀身成仁。前一秒我们可能还为了群体利益大谈合作，下一秒可能为了生存我们就要各奔东西。

在管理中没有标准答案，任何答案都是具体问题具体分析的结果。抱着绝对的理念，比如管还是不管，绝对的方法，比如"虎爸虎妈"式教育、"绝对自由"式教育、精细管理、SWOT分析等等，我们只能学到样，学不到精髓。而且生搬硬套别人的方法提升不了我们的管理能力、经验、智慧，我们的管理能力、经验、智慧只有在处理现实中一件件具体事情的过程中才能慢慢修得。固定的观念和方法决定了我们离大道越来越远。管还是不管？对还是错？当我们确定任何一个主张时，我们就已经偏离大道了。思想上一旦有主张，管理上一旦有具体方法，都偏离了大道，我们要有这样的警惕性。全身心的感受每一个当下，基于当下的每个具体问题进行具体分析具体处理，我们的智慧才能提升，答案才能趋近正确。

　　系统地学习别人的系统，但真正用的时候忘掉它们，把自己空出来，放轻松，保持无的状态，在现实的一件件具体事情中探寻属于自己的方法，提升自己的管理能力、经验、智慧，这是无为无不为的关键思想。有了这个认知，我们再来分析早上叫小孩起床上学的案例，我们就会发现那些陷入孩子叫早问题到底应该管不应该管矛盾纠结当中的家长，就是被学到的方法禁锢了自己的智慧和能量。

　　忘记从专家那里学习到的方法，我们再来分析那些虽

然被折磨得苦不堪言，虽然通过算计发现目前的方式很不
划算，但就是管不住自己的心，每天照常重复着不愉快经
历的家长。看看他们的问题到底出在哪里。

出现这种心脑撕扯的情况，一种可能是对这些家长来
说，比起叫孩子起床的崩溃，他们更承受不了的是自己的
孩子被老师批评惩罚时自己的心疼。一种可能是对这些家
长来说，比起叫孩子起床的崩溃，他们更承受不了因为孩
子迟到的事情，自己随时可能被老师叫去谈话的恐惧感。
一种可能是自己小时候因为迟到被老师羞辱留下了创伤，
孩子的迟到会触发这个创伤。不管是哪种可能，能让自己
一直陷在崩溃和不愉快的事情里，说明一定有更重要的、
更崩溃的事情自己不想去面对。而这就是这些家长的现状，
我们需要看见，需要接纳，需要基于这个现实进行事情的
管理。事实上，"积极的不管"是需要很高生命能量的，如
果我们没有那个能量，还要逼着自己按照"不管"的方法
来，效率会很低，而且自己越来越拧巴。

专家给出的方法在实际应用中不起效，除了家长这方
的问题外，可能孩子那边也有隐藏问题。比如，孩子跟家
长是对抗状态，但凡家长要求的，哪怕是对的，孩子也拒
绝执行甚至跟家长反着来。比如，孩子对学校排斥或者恐

惧，所以哪怕迟到被老师批评惩罚，他能晚去学校一分钟他也会争取晚去一分钟。这就是孩子的现状，我们需要看见，需要接纳，需要基于这个现实进行事情的管理。

对于那些使用专家意见失效的家庭，这些家长和孩子的现状就是现实，专家的意见在他们的家庭中失效也是现实。如其所是，无为无不为，就是这些家庭想要解决早上叫孩子起床的问题，就要看见这些现实，接受这些现实，基于这些现实进行算计、谋划、选择、探索。经过探索我们可能发现解决了孩子和父母的关系就解决了孩子早上起床的问题，可能发现解决了孩子对学校的排斥或恐惧就解决了孩子早上起床的问题，可能发现解决了孩子早睡的问题就解决了孩子早上起床的问题，可能发现解决了自己的心理问题就解决了孩子早上起床的问题，可能发现给孩子定个最晚出门提醒闹铃就解决了孩子早上起床的问题。具体哪个方法能最终解决我们的问题，不清楚，它是我们不断探索、不断基于现状进行思考和选择的结果。

在对一件事情进行算计、谋划、选择、探索的过程中，非常重要的一点是，我们一定要把内在的本能的算计、谋划、选择、探索过程从内心里拉出来，挂在我们面前和它对话。易经中之所以用"卦"字，一个深层含义就是把遇到的现象挂在面前，有助于我们看清局面。前面说到，那些让自己一直陷在崩溃和不愉快事情里的家长，一定有更重要的、更崩溃的事情自己不想去面对，所以，他们才本能地选择了每天叫孩子起床的崩溃。而要做出明智的决策，我们一定要把这种内在的本能的算计和选择拉出来，跟它对话。对话中，我们可以理性地分析我们的选择是否划算，有没有更好的方法。哪怕我们最终还是选择每天陷在叫娃起床的崩溃里，因为有了这个对话的过程，后面我们也能活得舒畅、通透、不拧巴一些。

事实上，只要我们有认真选择的动作，就能承担选择的大部分后果，就算最后结果不好，我们也更容易原谅自己。比如创业，在创业前只要我们认真思考过我们适合在什么方面创业，创业的过程中我们将面临什么样的困境，什么样的风险，创业失败我们将损失多少，而创业成功我们又将获得多少。在创业前我们只要有认真选择的动作，那在创业中面临的所有问题，我们基本都能承受，就算最终失败了，我们也会告诉自己，当初能力有限，自己已经尽力了。我们很多时候不能承担结果，不能原谅自己，是因为我们在做事之前，没有把内在的想法拉出来跟它对话，没有认真选择的动作。

　　在任何管理中，我们都会遇到一些无形的但却非常强大的能量，这些能量我们需要看见、需要接纳、需要考量。

　　在身体健康方面，我们所处的自然环境就是无形的强大的能量，会对身体的运转和健康产生很大的影响。比如四季对我们的身体就会有很大影响。在春季，气温逐渐升高，人体内酶的活性增强，使得新陈代谢速率加快，有助于身体机能的恢复和提升；夏季气温高，人体容易出汗，不注意补充水分和盐分，就容易脱水；秋季气温逐渐降低，人体容易出现气短、乏力和疲劳等症状；冬季气温最低，人体容易出现感冒、咳嗽等疾病。

　　在心理层面，负面能量也是无形的强大的能量，会对身心脑的配合产生很大的影响。负面能量袭来的感受就像身处大火之中，全身被针扎，感觉呼吸困难快要窒息。这个时候我们的身体会大量消耗，头脑会停止运转，理性之光根本无法照进我们的内在空间。

　　在企业管理、市场治理、社会治理方面，趋势就是无形的强大的能量，会对企业、市场、社会的运转和健康产生很大的影响。炒过股的人对趋势的感受最真切。他们会一次次感受趋势洪流的力量，经历阴极生阳和阳极生阴的过程，享受顺势而为带来的利益和繁荣，承受逆势而动带给的不安和寂寞。

只要涉及人的地方，人性就是无形的强大的能量，会对事物的运行产生很大的影响。比如人们往往喜欢追求新鲜感和好奇心，这就为创新产品和服务提供了市场机会。人们受到从众心理的影响，倾向于购买受欢迎的产品，这为热门产品提供了市场优势。

在人生管理方面，老天爷的安排就是无形的、强大的能量，会对我们的人生产生重大的影响。比如把我们生在谁家，有个什么样的父母，生在哪个国度哪个时代，让我们有什么样的际遇，这都会很大程度上影响我们的人生轨迹。

环境对身体健康、情绪对身心脑配合，趋势对企业、市场、社会的治理，人性对人的行为，老天爷的安排对人生的轨迹，都是无形的但却非常强大的能量。对于这些能量，在管理过程中，我们很难改变。所以，一般而言，明智的选择就是适应它们，不仅要适应它们，有时还要借助它们的力量，顺势而为。

所以，在各种管理问题上，面对各种无形的强大的能量，人们提出了一些顺道而为的方法。比如中医总结了《四气调神大论》，阐述了人体生理、病理与四季气候变化的关系，以及如何顺应四季气候变化进行养生的方法。比如当负面情绪袭来时，和自己的情绪待在一起，任由那个极其不舒服的感受穿透自己的身体，当负面情绪被接纳，被允许以后，慢慢地，我们就能开始呼吸了。比如股市上有很多类似于《股市趋势技术分析》《趋势投资》这样的理论和著作。比如营销市场上有很多人专门研究消费者行为。

针对无形的强大的能量，我们的确有很多顺势而为的方法，但这些方法我们到底要不要用，具体在什么环境下用，却需要具体问题具体分析。还是那句话：抱着绝对的理念，绝对的方法，我们只能学到样，学不到精髓，做不出足够明智的决策。

道德经中提到无为而治，引导人们不去过多干预和控制，让事物自然发展，最终达到很好的治理效果。无为而治是一个非常高明的管理方法，但在实际应用中，使用无为而治，做到无为而治的人却极少，为什么？因为无为而治是需要极高的能量和智慧的。使用无为而治的人，需要生命能量足够大，大到内在已经非常稳定，不需要再通过外在的抓取稳定内在的小我。也就是他只是为了群体的生存而管理，而不是为了自己的私欲而管理。使用无为而治的人同时需要极高的智慧，他知道如何更高效地让一个协作体更健康地运行，它知道什么时候可以放手，什么时候必须出手。无为而治一定程度上是我们的能量和智慧到达一定程度自然而然会使用的一种管理方法。能量和智慧不到，强行实施，只会变形。

最后，我们总结一下"无为无不为"是怎样的一种状态和过程：慢慢擦亮双眼，看清这世界的真相；慢慢修炼胸怀和慈悲，接受这世界的真相；学习百家之长，但用的时候忘记它们；在一件件具体的事情里，探索、算计、谋划、选择；重要的是把算计、谋划、选择、探索的过程挂出来，与它反复对话；我们管理的能力、经验、智慧在这个过程中将慢慢生发。

开放勇敢之心

我们一生中可能会遇到很多的问题和矛盾，这些问题和矛盾很大一部分来自利益冲突。为了生存和发展，人和人之间、企业和企业之间、国家和国家之间都会争取有限的生存资源。这个争夺的过程小则引起人际关系紧张，大则导致社会动荡、人类战争、自然环境大规模破坏。利益冲突经常还表现在个体利益和群体利益之间。个体可能为了自己的利益争夺资源，破坏环境，导致群体内部冲突和群体利益的受损。当然也可能为了维护群体的利益，损害和牺牲部分个体的利益。

导致人生问题和矛盾的第二个因素是箱体冲突。实际上我们每个人都生活在一个箱体中，我们的思维和行为活动都运行在箱体里，但我们却浑然不知。比如有一本书叫

《男人来自火星，女人来自金星》，就是告诉我们男人和女人是两个完全不同的物种，他们有完全不同的思维和行为模式。但在跳出箱体之前，他们完全无法看见这点，他们只会认为自己是正确的，而对方简直不可理喻。这种箱体无处不在，国家和国家之间有这个箱体，行业和行业之间有这个箱体，父母和子女间有这个箱体，甚至任何人和任何人相处，任何人做任何事情都有这个箱体。

箱体也是万物以最低能量寻求协作体暂时稳定态的产物。在过往生活中，我们探得了一些经验和智慧，于是为了后面方便使用它们，为了能以最低能量运行，我们会把它们封装起来，成为我们固有的思维和行为模式，成为我们固有的观念和理念，成为我们生活中方便使用的生存工具。我们受益于这些箱体带来的便捷，但我们也将受制于这些箱体带来的遮蔽性。更要命的是这些遮蔽性还很难改变。因为，没有切肤之痛，没有深刻体验，这种低能量运行模式很难改变，也没有改变的动力。

比如有一个掌控型的人，在单位他要求下属严格执行他的部署，在家里他严格要求孩子的行为。因为他的严格要求和掌控，他的下属办事效率很高，他的孩子很听话很优秀，他做过的事情都几近完美。在这个过程中，他完全发觉不了自己是一个掌控型的人，也对这种做事方式是对是错没有任何概念，因为他本能地会这么办事情，而且觉得人人都应该这么办事情，人人也都是这么办事情。直到有一天，孩子开始不听话，开始对抗他，他身体出了问题，做事开始力不从心。这个时候他还想掌控，还想完美，但身体不支持，孩子不配合，于是，他开始崩溃混乱，开始触碰到箱体。触碰到箱体后，他才可能看见自己原来是一个掌控型的人，才可能对自己的思维行为方式开始反思，才可能对自己固有的模式进行调整，才可能打破箱体迎接新世界。

在现实生活中，任何人都生活在自己的箱体中，当人和人接触时，箱体和箱体就会碰撞，箱体冲突就会产生。很多矛盾和战争不一定纯粹是为了争夺生存资源，而是为了让别人臣服于自己的箱体。比如女权运动除了争取女性的权力外，还想打掉人们"男尊女卑"的观念箱体，让人们接受"男女平等"的观念箱体。反种族歧视运动除了反抗种族压迫外，还想纠正人们的"种族偏见和歧视"箱体，让人们建立"种族相互尊重和平发展"的理念箱体。很多男性对女性的征服，很多领导对下属的征服，除了利益考量外，也是想把君君臣臣、父父子子的"等级伦理管理思想"箱体传播出去。

导致人生问题和矛盾的第三个因素是不匹配。我很好,你也很好,可是大家放一起就会相互折磨相互消耗,1+1<1。这种不匹配带来的矛盾冲突体现在很多方面,有些方面它表现得很明显,很容易被看见,比如男女关系不匹配带来的矛盾冲突,比如事业方向不匹配带来的矛盾冲突。有些不匹配带来的矛盾冲突藏得很深,不认真分析我们很难看清它的本来面目。比如近些年中国面临的很多矛盾冲突本质上是西方文明和中国土壤当下不匹配、不融合的结果。比如成也萧何败也萧何的现象和魔咒是以往促成"成功"的因素无法匹配当下局面的结果。比如"文化禁闭"现象是过往生存经验不能匹配新生存环境的结果。

先说一些我们常见的关键词:个体、市场、价值、科技、金融、法制,想想这些关键词来自哪里?这些关键词都是西方文明的产物和输入。它们是和西方生存方式高度共振产生的存在。在中国古籍上,我们很少使用这些词、这些概念、这些思想。与西方文明完全相反,中华文明更喜欢也更强调群体、关系、血缘、人制。中华文明使用的这些词、这些概念、这些思想也是和中国地理环境高度共振产生的存在。从本质上讲,东西方文明没有好坏对错高低之分，它们都是人们在各自的土壤中探索出来的生存法则，都是我们人类智慧的结晶。而现在，随着交通的便捷和科技的发展，这两种完全相反的文明在中国土地上开始接触、碰撞、融合。中华文明偏向强调群体利益，所以他们注重政府作用，强调国有经济的主导力量。西方文明偏向强调个体利益，所以他们注重市场作用，强调私有经济的主导力量。理解了这些，我们就会发现，想要在中国土地上融合这两种文明，我们一样会面临处理好"政府和市场之间的矛盾""保证国有企业和私有企业的协同发展"等等这样的问题。这些问题不是谁主动造成的，它是西方文明和中国土壤当下不匹配不融合的必然结果。

韩信在刘邦手下担任大将军，是萧何推荐的；后来韩信被杀，也是萧何出的计谋。20世纪90年代，诺基亚通过技术创新和市场拓展，成了全球最大的手机制造商。然而，正因为它在传统手机领域做得太顺风顺水了，在智能手机市场迅速崛起的时期，诺基亚还坚持发展传统手机，对智能手机市场的忽视使得诺基亚逐渐失去了市场份额，最终被苹果和三星等竞争对手超越。有同样遭遇的还有柯达、黑莓、雅虎。成也萧何败也萧何不仅是一个典故，它还是一个非常普遍的现象，是一个就算我们知道但也很难逃脱的魔咒。原因是什么？原因是昨日让我们成功的人、法、方向、思想、产品等等，很可能因为不匹配当下的局面导致我们今天的失败。

很多人都在讲文化，提出了各种文化，可是文化到底是什么？文化本质上是人类为了生存探索形成的一切物质财富和精神财富的总和，包括艺术、信仰、价值观、传统、习俗、语言、文学、哲学、科学等各个方面。想要真正理解文化，我们必须抓住一个关键点：不管是物质的还是精神的，不管是何种形式，文化的本质是人类为了生存探索出来的，文化一定有它的适用性。如果我们不能抓住这个关键点，就会陷入"文化禁闭"里。"文化禁闭"就是说如果我们不考虑文化的适用环境，只强调文化本身，就会被禁闭在自己的文化中，看不清、走不远。比如"狼"文化本质就是在竞争环境探索出来的生存法则，在和平环境下，如果我们还坚持"狼"文化，就会错失很多合作共赢的机会。"文化禁闭"就是说如果我们不考虑文化的本质，只强调文化的形式，就会被禁闭在自己的文化中，只见树木不见森林。比如我们只看那些艺术品，不深入探索创作者的生存环境，我们是无法真正看懂那些作品的。"文化禁闭"就是说如果我们不能匹配新生存环境，还坚守老文化，文化就可能成为我们生存发展的障碍。比如现在很多人提倡恢复神学地位，让中国传统文化引领中国未来的发展，就是没有考虑文化必须和生存环境相匹配才有生存空间，才能发挥它的引领作用。

前面说了这么多，其实说的就是一个问题：我们人生中遇到的很多问题和矛盾是由利益冲突、箱体冲突和事物间的不匹配造成的。接下来我们探索一下有什么方法能缓解这些问题和矛盾冲突？

前面我们说过：利益经常是相互冲突的，有些资源你占有了，我就没活路了；有些资源我占有了，你就没活路了。我们必须通过斗争争取自己的生存资源。不斗争，不争取，乞求别人的施舍，不仅没尊严还没出路。这是从个体角度看，最基本的生存法则。然而，如果我们想要的不仅是当下的生存，还想要长期稳定地存在和发展，我们就需要拥有开放之心，突破自己的利益执着，不断耐心寻找利益冲突各方在"第三空间"中的出路，让大家都能活下去。大家都活下去了，群体的生存生态才不会破坏，我们也才能更好地、更长久地生存。

关于解决箱体冲突，前面我们把"男尊女卑"叫观念箱体，把"男女平等"也叫观念箱体。把"种族偏见和歧视"叫箱体，把"种族相互尊重和平发展"也叫箱体。为什么？因为它们都不是真相。男人真的尊贵女人真的卑微吗？从生命平等的角度讲，一定不是。但男女真的平等吗？从社会协助的角度讲，一定也不是。基因决定了男人和女人有不同的身体特征和思维方式，决定了他们有各自擅长的领域。种族之间有谁贵谁贱吗？从生命平等的角度讲，一定没有。但种族真能相互尊重和平发展吗？从人性的角度讲，一定也不能。人性天生趋利避害，天性追随尊重那些有利于自己的，抛弃讨厌那些对自己没利的。抱着固有观念固有思想，我们看不见真相，找不到出路。只有用开放之心拥抱这个世界，我们看见的世界才更真实，我们找到的出路才更准确。

关于不匹配引起的问题和矛盾，我们要清楚地看到，时间地点人物不同，化学反应产生出来的问题就会不同，更准确地说，这世上没有两个完全相同的问题。所以，我们的管理方法也不能一成不变，要具体问题具体分析、具体管理。前面我们提到的成也萧何败也萧何和"文化禁闭"现象的本质原因是什么？事物在随时变化，局面在随时变化，如果我们不能随时做出调整，就会陷入问题当中。所以，对变化保持开放之心是提高管理水平，解决不匹配带来的问题和矛盾的不二法门。

总而言之，想要缓解人和人之间、企业和企业之间、国家和国家之间、个体利益和群体利益之间的利益冲突、箱体冲突，想要解决各种不匹配，调和文明冲突，打破成也萧何败也萧何的魔咒和"文化禁闭"现象，我们都需要有一颗开放之心。有了开放之心，我们才能突破"我"的桎梏，在"第三空间"寻找利益的平衡点；才能放下固有观念、固有思想，拥抱新的世界；才能看见变化，接受变化，具体问题具体分析，而不是一个榔头敲到底。

除了开放之心，想要过好一生，我们还需要一些生而为生的勇气。事实上，不仅生而为生需要勇气，人生的任何选择都需要勇气。

幼儿园、小学、中学、高中、大学等教育机构组成了一套学习的系统。这套系统存在的主要目的是让每个人掌握现存的逻辑系统（语言是人用来交流的逻辑系统，数学、物理、化学是人用来认识世界的逻辑系统）。掌握这些逻辑系统的目的是人与人、人与自然之间的相互协作。相互协作的目的是为了生存。成绩只是整个学习系统中为了自评、考核和筛选而演化的一套小系统。在整个学习系统中，成绩甚至是学习只是末，生存才是本，生命才是本。

　　我们拼命追求着成绩的高下，却忽略人生最重要的事情是如何活着。我们很多人都能看清这样的本末倒置，可是我们真正的问题是，我们是否有选择的勇气？是否能承担选择的后果？在所有人都追求成绩、地位、权力、名誉、金钱这些"末"的时候，我们是否有勇气说不，承担父母、亲戚、朋友和社会对于我们"错误的判断"，而去探索追求自己"想以什么样的状态活着？能以什么样的状态活着？"这样的"本"。我们是否有勇气承担整个社会的价值观与我们的价值观不相符而导致的我们在现有价值观下协作能力下降的后果？我们能否承受独自前行的那份不安和孤独？在看清了别人都是错的，我们是对的，我们该如何选择？

　　发烧是人体自我治疗的一套机制，只要温度不是很高，保护好耳朵和小脑，发烧对我们身体的自愈是非常有帮助的。可是如果我们因为发烧去医院看医生，大部分医生都会给我们开各种退烧药，使体温恢复正常，以缓解我们因为发烧而带来的焦虑。可实际情况是这对身体的康复作用不大，甚至会延长病期。医生的做法其实非常能理解，如果不开退烧药，那么因为发烧所导致的一切后果他将负责任。我们看清了发烧的本质，也理解了医生的处境，我们会选择在发烧的时候不去医院吗？不一定。因为不去医院导致的结果就是，我们周围那些看不清或者承受能力差的人会反复强调不去医院会导致严重的后果，恐吓如果出了问题，我们要负全责。就算没有周围的这些压力，面对体温一次又一次地升高，我们也会怀疑自己的认知，恐惧"可能"出现的结果，承担极大的心理压力。就算我们看清楚了，想明白了，我们是否有勇气选择并承担选择的后果，毕竟任何选择都会付出相应的代价。

炒过股的人都知道，在股市中趋势是一股非常强大的力量。趋势一旦形成，很难改变方向，它会像洪流一样裹挟着所有人向前走。正是趋势有非常强大的力量，很难改变方向，所以投机者们才有机可乘，顺势而为，借着趋势，推着趋势，直到让所有人陷入极度疯狂和恐惧的深渊。很多人都能看清这个局面，但他们却很难做到不看趋势，不看指标，只专注于研究股票价值，价值低估了买入，价值高估了卖出。原因是那需要极强的自我判断和独自行动能力，需要强大的定力和勇气应对洪流的冲击，应对恐惧和欲望对自己的冲击。

践行生而为生，努力向内探，去看见本、看见根，然后不忘初心，坚定地在本上、根上、初心上解决问题。不管市场、科技、算法、人工智能、生物科技等等如何快速发展，社会如何日新月异，周围如何嘈杂热闹，坚持坚定地把有关人以及人生最基础的事情做好，以不变应万变。这些道理说起来简单，但真正实践它们，却需要极大的勇气。

人生布局和修炼

布局者最重要的一种能力就是能透过现象看到本质，从高处把局面看清楚。如果我们没办法跳出当下的具体事务，被现象迷惑，我们就很难从宏观的角度看清问题，做出战略性的规划。除了战略性的布局，想要靠布局取胜，我们还需要足够的耐心和毅力。

拿赚钱这件事情举例。我问过很多人："你爱钱吗？"他们的回答都是："我当然爱钱，谁会不爱钱呢？"可是真相真如他们所说吗？不一定。有些人没有钱，去外面花钱吃顿饭都要犹豫半天，可是给别人随个礼却随随便便几百上千就出去了。比起钱，他们更爱的是面子和关系。有些人你问他："你要钱干什么？"他们会说："我赚钱就是为了有一天能躺平，吃想吃的，玩想玩的。"他们真正爱的也不是钱，他们真正爱的是生活。对于爱生活的人来说，只要一有闲暇时间，他们想的不是赚钱，而是去享受生活，所以，虽然他们嘴上说他们爱钱，但实际上，他们不会花太多的时间和精力去考虑赚钱这件事情。真正爱钱的人赚钱本身就是目的，就是快乐，就是乐趣，就是生活。

关于赚钱这件事情，真正爱的东西不同，我们布的局就会不同。所以透过现象看到本质，搞清楚自己真正爱的是什么，想要的是什么，是我们布局中非常重要的一步。

很多人说，能量是可以吸引财运的，当我们的能量场对了，财富和好运自然就会被吸引过来。可是具体应该怎么操作却很少有人提及。接下来，我们看看如何布局，才能让我们的能量场成为可以吸引财富和好运的能量场？

关系是能量最好的滋养品，而所有关系的根在孝亲关系。孝亲关系不和谐，我们就会折腾其他关系，特别是亲密关系。亲密关系不和谐，我们就会折腾亲子关系。最后搞得自己深陷泥坑，狼狈不堪，能量混乱。而相反，孝亲关系是根，孝亲关系改善了，根得到了滋养，能量自然就会出来，并慢慢流向其他关系。关系通了，能量自然就出来了。能量出来了，财运和好运自然也就被吸引来了。所以阿德勒才说，有人要用一生疗愈童年，有人在用童年疗愈一生。所以说"父母是我们的财运"这句话是有一定道理的。让自己的能量场成为吸引财富和好运的能量场的第一步，改善自己的关系，特别是孝亲关系。

除了关系，匹配也会产生很大能量。做自己喜欢擅长的事情时，我们会全身心投入，进入心流状态，忘记时间和周围的环境。我们的潜能会被激活，创造力不断从身体中涌出来，生产价值的能力会大幅提升。在这种状态下，对日复一日的重复练习，我们不会感觉无聊枯燥，对每次面临的困难，我们不会畏难逃避。所以，不断探索匹配自己的领域和事情，找到自己喜欢擅长的事情，我们的能量就会被激活，财富和好运就会被吸引而来。在一件件具体的事情中专注自己智慧的提升，而不是金钱的积累，也有助于我们排除杂念，进入专注创造状态，最终吸引财富和好运的到来。

身心脑的配合会最大限度发挥吸引力法则的效用，会最大限度激活我们的生命力、爱的力量、静的力量、定的力量、空的力量、合的力量、念的力量。这些能量的激活不仅有助于我们吸引来财富和好运，还有助于我们守住财富和好运。很多时候，因为能量不足，到手的财富和好运也会跑掉。

努力经营我们的关系，不断探索与我们匹配的事业方向，持续打造我们的内在工程，都可以帮我们吸引来财富和好运。但仅知道这些还远远不够。想让能量帮我们吸引来并牢牢守住实实在在的财富和好运，更多需要的是我们从这三个方面，扎扎实实的一个点一个点慢慢发现并突破自己的能量卡点，让自己的能量自然流动，这个过程需要我们有足够的耐心、毅力和勇气。

具体到每个人的人生布局，具体到每件事情的布局，我们需要结合实际情况，具体问题具体分析，布特定的局，制定特定的路线。虽然局有千种布法，路有万种走法，但所有布局和路线设计的核心方法却是一样的，那就是：清楚地意识到时间和精力是我们人生最重要的资源，我们要拿这些有限的资源做什么，不做什么，先做什么，再做什么。对时间和精力的算计，对做什么，不做什么，先做什么，再做什么的选择，便构成了我们人生的布局，也形成了我们人生前行的脚印。把这些脚印串起来，那便是我们走出来的人生道路。

　　在布局的过程中，意识到时间和精力是人生的资源，是核心、是基础、是起点。没有这个意识我们就会被别人和洪流左右，我们的自我意识就没办法发挥自我引领作用。

　　有了时间和精力管理意识，然后我们需要反复问自己：想要什么？能要什么？敢要什么？立足当下，我们最想要什么？从实际出发，我们能要什么？计算得失，我们敢要什么？反复问自己这三个问题，直到自己感觉找到了正确答案。这个答案就是我们当下仔细权衡，精打细算后，给自己做出的选择。

　　在算计和选择的过程中，最关键的点是看见现实，接受现实。很多人手里原本有一手好牌，但他打烂了，那现实就是现在他手里有一手烂牌。他唯一能做的就是把它打好，而不是让自己停留在还是一手好牌的幻想中，不面对现实，影响现在的决策，一手烂牌打得更烂。

　　面对现实还包括接受宿命和命运的安排。什么是宿命？就是那些命中注定要去做的事，命中注定改变不了的现实。为什么会有这样的宿命？因为我们是传承的产物。我们的存在一定有时间和地点维度，一旦时间和地点确定，我们的存在环境就被限定。就如我们是人，就要受制于所有人的生存逻辑。我们是自己父母所生，所以我们的基因受制于他们。我们出生和存在于某个时间和某个地点，所以也受制于那个时间和那个地点的影响。我们并不自由。为了生存，我们一定要接受自己的宿命。只有接受宿命，我们才有可能挣脱它们。为什么呢？因为，接受宿命意味着我们看到了自己行为的控制者，看到了自己的边界，只有看到才有突破的可能。

我们提升自己的能力和智慧，对自己的人生进行布局和安排，但往往我们的人生并不会按照我们的安排一路向前，命运会给我们很多安排和际遇，接受这些安排，根据这些安排随时调整自己的步伐，有助于我们做出更明智的选择。

接下来我们说一个具体的时间管理方法：日常的力量。日常的力量就是通过把目标分解到每天，通过日复一日的积累和叠加，在不知不觉中轻松高效地完成人生目标和人生管理。它的具体操作步骤是：

1. 通过精打细算，确定行动目标。

2. 把目标细化落实到每天的具体时间段。

3. 到了时间"机械地"做自己该做的事情，执行中感受自己的接受度。

4. 接受度不高，重新调整目标的细化，重新制定日常。

5. 反复测试，接受度依然不高，目标退阶，重新制定目标的细化，重新制定日常。

6. 重复执行 3—5，直到接受度合适。

7. 运行，直到第一目标实现，开始启动第二目标。

这个方法就是通过合理地管理每天的 24 小时，高效轻松地实现人生管理。有了这个方法，只要我们目标选择得足够明智，只要我们 24 小时管理得足够合理，理论上，只要时间足够长，我们可以达到任何我们想要的高度。

举个例子，我们决定在未来一段时间内读完几本书。有了这个想法以后，我们要做的第一步就是反复确认这件事情是不是我们当下最想做的，确认自己不是因为别人都在读这几本书而心血来潮也想看看，确认自己想要看的冲动已经到了迫不及待的程度。然后看看自己的 24 小时里是不是还能腾出足够的时间让这件事情能加入日常清单。如果没有时间，看能不能调整一下，或者删减一些不那么重要紧急的事务给读这几本书腾出时间。如果这两件事情都准备好了，那我们就可以把读这几本书列入我们当下的行动目标，否则，不要开始去做这件事情，不要把这件事情列入自己的行动目标。

目标确定后，分析一下自己的时间和精力，看把读书这件事情安排在每天的什么时间段最恰当，每天腾出多长时间看书最合适。等安排妥当后，剩下的就是每天到点机械地去做这件事情。每天机械地去做这件事情并不是说我们真的很机械很死板。机械地去做这件事情意味着我们每天都想着这件事情，每天到点都告诉自己应该去做这件事情。如果自己今天状态真的不好，或者就是抵抗去做这件事情，那就不要去做，只要心里想着就行，只要知道自己应该做就行。吸引力法则的核心是用信念引领心灵，引领身体，引领环境。所以，只要不断地想，不断地提醒自己，我们的信念就会带着心灵、身体和环境慢慢完成目标。

在行动的过程中，仔细地感受自己的感受。如果感觉每天完成任务后是轻松喜悦的，那当下的目标和安排很适合我们。如果感觉每次完成任务都疲惫不堪，那说明我们需要调整自己的目标，可能安排的任务太重了。如果感觉每天完成任务还可以，但因为完成任务生活中其他事情变得混乱不堪，那说明我们要调整自己的安排，可能我们安排的时间段有问题。总之，跟着自己的感受去调整目标和安排，直到感觉完成任务很轻松，生活整体节奏很舒服很井然有序。等节奏对了，任务对了，剩下的就是重复重复再重复，直到目标达成。

再举一个刷手机的例子。我们很多人每天都会花几个小时漫无目的地刷手机，因为刷手机严重影响了自己的睡眠。我们很清楚我们不应该这样，但就是管不住自己。很多人都把控制手机时间当成了自己的行动目标，但最终都以失败告终。原因是什么？目标定错了。我们能漫尤目的地刷几个小时手机，能明知不可为而为之，说明刷手机给我们带来了更大的利，这个利足以抵消刷手机给我们带来的害。这个利可能是逃避现实，可能是缓解焦虑，可能是忙了一天以后，终于可以安安静静地享受一会儿属于自己的轻松时刻。人的本能是趋利避害，只要我们让不刷手机的利足够大，我们自然而然就会放下手机。所以，我们要定的目标是提高不刷手机的利，而不是强制自己不刷手机。

拿我自己来说，我以前经常刷剧到半夜，控制过很多次，但每次控制一段时间就不行了。后来我认真地分析了自己刷剧的原因，发现我在事情理不出头绪的时候容易刷剧逃避现实，在忙了一天后容易躺在床上顺手拿起手机刷剧享受那难得的清闲。于是我开始调整安排，每天安排专门的时间刷剧换脑子；晚上把手机放在客厅而不是床头，让拿手机这个动作变得困难；早起做面膜，练习冥想，做身体放松，享受属于自己的时间，享受自己和身体连接带来的那份安静、喜悦、美好。我不断地加大早上美好的体验感，这样倒逼着自己晚上早睡。很多时候，我们不能太相信自己的意志力，我们要给自己设局，要给自己加筹码，让局面朝着我们想要的方向自然流动。

接下来，我们说一部我们很熟悉的电视剧《西游记》。《西游记》里有一个非常有趣的设计，大唐到灵山一共十万八千里，孙悟空一个跟斗也是十万八千里。按理说，孙悟空一个跟斗就可以飞过去把经书取到手，而唐僧师徒五人走这十万八千里却用了十几年，经历了九九八十一难。说明什么？说明真经只有亲身经历才能真正获得，没有捷径可走，一个跟斗翻过去取到的只是一本书，不是真经。

《西游记》实际上是一部人生修炼剧。在这场修炼中，唐僧代表的是我们的信念，孙悟空代表的是我们的能力，沙僧代表的是我们的执行力。它们都比较好理解。我们比较难理解的是猪八戒这个角色。他好吃懒做，贪生怕死，为什么要把他放入我们的队伍中？实际上，猪八戒代表了我们的世俗性，代表了我们的七情六欲。在修行的道路上，我们除了要依靠唐僧、孙悟空、沙僧解决外在问题，我们还需要花点时间和精力解决猪八戒这个内部问题，这才是修行的真相。猪八戒它不是妖怪，不是敌人，不需要打死，在修炼的道路上，我们得允许它与我们共存。而猪八戒最后被封为净坛使者，也隐约暗示我们，很多欲望最好的归宿可能是满足它。

接下来，我们看看人生修炼到底是怎样的一个过程。

我们在人生中会遇到很多很多的问题，会有很多很多的情绪。首先，我们需要把专注力从影响我们的人和事上慢慢拉回到自己身上。这点非常非常重要。如果我们总是通过外在手段解决问题，表面看问题得出了有效控制和解决，但其实问题的根还在，它迟早会以另外的方式在其他地方爆发出来。接下来，我们可以利用碰到的问题和爆发的情绪，借助冰山模型探索自己最底层的怕和要，探索困住自己的箱体，探索自己的生命能量，探索自己的行为模式，探索自己的需求，探索自己缺失的能力。探索的过程就是打开自己，找病因揭伤疤的过程，这个过程很痛苦，我们需要足够的勇气，最好能有同行伙伴和辅导老师陪同。然后，该释放就释放，该补足就补足，该改变就改变，该直面就直面，该提升就提升，该争取就争取，该放下就放下。在这个治疗的过程中，我们的决心越大，意志力越坚定，行动力越强，成长得越快，改变得越明显。随着内在问题的不断解决，很多外在问题随之就会慢慢消失，这是一个由内向外治本去根的过程。这个过程就像用中医调理我们的身体。

在人生道路上，我们还会不断地学习，在一件件具体的事情里探索自己的方法，积累自己的经验，提升自己的能力，提高自己的智慧。遇到问题和矛盾，我们也可以只依靠这些经验、能力和智慧直接解决问题。这个过程就像我们的西医治理我们的身体。

所以，人生修炼有点类似于用中西医结合调理治理人生。人生中有些慢症顽症我们需要像中医一样，内探修补，由内向外治本去根慢慢调理。有些急症重症我们需要像西医一样，依靠经验能力智慧，快速治理。有些时候我们要先治再调，有些时候我们要先调再治，有些时候我们要调

治同步进行。不管治疗效果快慢，只要一直走在调理治理
人生的道路上，我们内心的怕和要就会越来越少，我们的
能量就会越来越高，我们的能力就会越来越强，我们的智
慧就会越来越多，外在的人和事也会越来越顺。到这个时
候我们就能体会到人生修炼的过程就是自我救赎的过程、
边界清晰的过程、自我负责的过程、独立成熟的过程、怕
和要到爱与信的过程、接受接纳的过程、谦卑臣服的过程、
智慧经验不断积累的过程。

　　人生修炼除了是中西医调理治理的过程，还是我们人
生重生的过程。虽然没有科学依据证明，但隐隐觉得我们
所有的思想和行为其实就是神经连接、肌肉记忆、身体反
应的呈现。类似于计算机里 1 和 0 的不同组合最终呈现出
了文字、图像、算法、声音。一出生我们就被预装了系统，
成长的过程我们也在不断地被写入代码，我们的神经连接、
肌肉记忆和身体反应一直在被编写。因为这些编写，我们
有了固定的思维和行为模式。这些思维和行为模式左右着
我们的人生，决定着我们的命运。问题的出现打破了这种
惯性，我们遇到的问题一而再、再而三地提醒着我们、敲
打着我们、唤醒着我们的自我意识。随着自我意识的觉醒，

我们开始反省反思，开始有机会打破原来建立的神经连接、肌肉记忆和身体反应模式，重新建立新的连接和记忆，从而迎来属于我们的新生。修身就是重写身体结构，达到一定身境。修心就是重写心理模式，达到一定心境。修脑就是重写大脑连接，达到一定思境。

不管是中西医调理治理还是生命的重生，随着人生修炼的深入，我们会慢慢体会到各种不一样的人生状态。

随着人生阅历的不断增长和人生修炼的不断深入，我们就会发现我们越来越渺小。天地法则我们改不了，事物变化我们掌控不了，发生的事实我们更改不了，很多时候我们只能去接受、去顺应、去臣服。臣服的过程就是打破世界围着我转的过程，就是破"我执"的过程，就是把自己的生命本能释放出来和其他生命连接的过程，就是谦卑开放之心慢慢升起的过程。

我们常说的活在当下，其实就是把自己的专注力、感应力、"神"控制在当下，让它随时能和周围的事物进行感应连接。随着人生修炼的深入，我们这种活在当下的能力会越来越强。

我们常说的自由，其实就是把身体、心理、头脑、生活中那些卡点、结、业解开，让身体、心理、头脑、生活顺畅流动。随着人生修炼的深入，我们会越来越感觉到轻松和自由。

"我"的意识是"生"最大的保障，也是生命绽放最大的桎梏。随着人生修炼的深入，我们会慢慢看见自己的生命，突破"我"的桎梏，体会到生命本能的迸发，感受到我与万物相生相连相融的那份力量和美好。

"生"是人最大的执念。为了生，我们要维护身心脑的协作稳定、家庭的稳定、社会的稳定，一生辛苦。随着人生修炼的深入，我们可能能冲破生死门，重归大空境。

图书在版编目（CIP）数据

何为生 何以生 / 雷苗苗著 . -- 北京：线装书局，
2025. 1. -- ISBN 978-7-5120-6387-7

Ⅰ . I267.1

中国国家版本馆 CIP 数据核字第 2025TD5243 号

何为生 何以生
HEWEISHENG HEYISHENG

作　　者：雷苗苗
责任编辑：崔　巍
出版发行：线装書局
　　　　　地　址：北京市东城区建国门内大街 18 号恒基中心办公楼
　　　　　二座 12 层
　　　　　电　话：010-65186553（发行部）010-65186552（总编室）
　　　　　网　址：www.zgxzsj.com
经　　销：新华书店
印　　制：三河市中晟雅豪印务有限公司
开　　本：880mm×1230mm 1/32
印　　张：7
字　　数：112 千字
版　　次：2025 年 1 月第 1 版第 1 次印刷

线装书局官方微信

定　价：78.00 元